KB057132

초
와

그
녀

김효나 소설

초와 그녀

초판 1쇄 발행 2021년 5월 17일

지은이 김효나
펴낸이 이광호
주간 이근혜
편집 조은혜 최지인 이민희 박선우 방원경
펴낸곳 ㈜**문학과지성사**
등록번호 제1993-000098호
주소 04034 서울 마포구 잔다리로7길 18(서교동 377-20)
전화 02) 338-7224
팩스 02) 323-4180(편집) / 02) 338-7221(영업)
전자우편 moonji@moonji.com
홈페이지 www.moonji.com

ⓒ김효나, 2021. Printed in Seoul, Korea

ISBN 978-89-320-3863-6 03810

초와 그녀

김효나
소설

문학과지성사

차례

I

가라앉는
대화

바다가 보이는 방

　그 방에 가면 잘 잘 줄 알았지. 그 방에 가면 잘 잘 줄 알
았어.
　그 방. 어떤 방.
　바다가 보이는 방. 침대, 테이블, 의자, 화장대와 함께 바
다가 가구로 존재하던 방.
　침대, 테이블, 의자, 화장대, 바다.
　침대, 테이블, 의자, 화장대, 바다, 두 개의 컵, 옷걸이.
　바다를 열면 바닷소리 나던 방.
　바다를 활짝 열면 갈매기 날아오르던 방.

그 방에 가면 정말 잘 잘 줄 알았지. 그 방에 가면 잘 자는 것은 문제도 아닐 줄 알았어.

잘 자기 위해 그 방에 간 거니.

아니, 그건 문제도 아닐 줄 알았기에. 그저 바다를 가구로 갖기 위해 그 방에 간 거지. 어느 방에나 존재하는 무심한 가구로 바다를 갖기 위해 그 방에 갔어.

갔니.

갔어.

바다는 무심했니.

바다는 무심했어. 하나의 테이블처럼. 하나의 옷걸이처럼.

옷걸이에 옷을 걸듯, 바다를 바라보았니.

딱히 바라보지 않으며 바다를 바라보았지. 고개를 돌리다 우연히. 마치 우연이라는 듯이. 감은 눈 뜨다 놀란 듯이. 마치 놀랐다는 듯이. 곁눈으로. 무심한 곁눈. 정면은 아니지. 작정하고 정면으로 보지 않았지. 그럴 수 없지. 떡하니 바다 앞에 작정하고 서서, 바다에게 보란 듯이 바다를 볼 수는 없지.

어째서.

그건 더 이상 나의 바라봄의 방식이 아니지. 그런 식의 바라봄은 그만둔 지 오래지.

그만둔 지 오래기 위해 그 방에 간 건 아니니.

그만둔 지 너무 오래라 기억도 나지 않기 위해 그 방에 갔지.

갔니.

갔어.

그 방은 어땠니.

늘 그대로였지. 늘 그대로였어,라는 말이 이상한 채 그대로인 채로.

침대, 테이블, 의자, 화장대, 바다, 두 개의 컵, 옷걸이. 그대로인 채로.

하나 덧붙이자면, 화장대와 바다 사이, 담배 냄새가 있었어.

침대와 테이블 사이엔 없었니.

없었어. 테이블과 의자 사이에도. 의자와 화장대 사이에도. 오직 화장대와 바다 사이, 화장대와 바다 사이, 담배 냄새.

그러므로.

화장대와 바다 사이엔 전 투숙객이 있었어. 던힐 멘솔을 피우는.

그러므로.

침대, 테이블, 의자, 화장대, 던힐 멘솔을 피우는 전 투숙객, 바다, 두 개의 컵, 옷걸이. 그대로인 채로.

모든 게 그대로인 채로, 모든 게 그대로라는 듯, 모든 걸 무심히 바라보았지.

　고개를 돌리다 우연히. 마치 우연이라는 듯이. 감은 눈 뜨다 놀란 듯이. 마치 놀랐다는 듯이.

　하지만 정면으로 보면, 작정하고 정면으로 보면 무슨 일이 생기게 되니.

　많은 것이 불가능해지는 혼돈의 어둠 속에 빠지게 되지만 일단, 나열이 불가능해지지.

　나열.

　침대, 테이블, 의자, 화장대, 던힐 멘솔을 피우는 전 투숙객, 바다, 두 개의 컵, 옷걸이가 존재하는 방이었다고, 방을 설명할 수 없게 되지.

　어째서.

　왜냐하면 넌 그 방을 단지 하나의 끈적한 어둠 덩어리로밖에 여길 수 없을 테니까.

　하지만 어두웠어 그 방은. 그 어떤 방보다 어둡고 어두운 정신의 굴이었어 그 방은.

　아니야. 가구와 가구를 연결해주는 접착제로서의 어둠이 있었을 뿐이었다. 이를테면 어둠은 이런 식으로 존재했어. 침대. 어둠. 테이블. 어둠. 의자. 어둠. 화장대. 어둠. 던힐 멘솔을 피우는 전 투숙객. 어둠. 바다. 어둠. 두 개의 컵. 어둠.
옷걸이. 어둠.

어둠은 이토록 깔끔했니.

이토록 깔끔하고 미더운 것이었다 어둠은.

그리고 또 무엇이 가능하게 되니. 아니 불가능하게 되니.

불가능해지므로 가능해지는 것. 불가능해지다,라는 말이
이상한 채 가능한 채로.

가능하고도 불가능한 것. 불가능성의 가능성. 대화를 말
하는 거니.

그래. 어둠을 사이에 두고, 가구들은 대화할 수 있었다.
한 겹의 어둠에 의해 분리된 채, 접착과 집착으로부터 혼란
함을 구한 채, 던힐 멘솔을 피우는 전 투숙객과 나는 대화를
했다.

너도 하나의 가구였니.

나도 하나의 가구였지.

하나의 가구이기 위해 그 방에 간 거니.

어느 방에나 존재하는 하나의 무심한 가구가 되기 위해
그 방에 간 거지.

던힐 멘솔을 피우는 전 투숙객은 나에게 물었다. 당신은 어째서 잠을 통 못 자나요. 나는 던힐 멘솔을 피우는 전 투숙객에게 되물었다. 당신은 방에서 잠을 통 잘 잤나요. 던힐 멘솔을 피우는 전 투숙객은 대답했다. 잠에 대해서라면, 실은 나도 할 말이 없어요. 잠의 세계에서는 나 역시 실패자입니다. 그 순간, 나는 어깨를 으쓱거리고 싶었다. 으쓱거리고 싶은 채, 던힐 멘솔을 피우는 전 투숙객에게 대답했다. 잠에 대해서라면, 실은 우리는 쓸 말이 있을 거예요. 우리를 둘러싼 어둠 너머에 글쓰기라는 작은 가구 하나가 하나의 테이블처럼 무심히 존재하고 있습니다. 던힐 멘솔을 피우는 전 투숙객은 던힐 멘솔을 피웠다. 정확히 화장대와 바다 사이에서, 던힐 멘솔의 냄새가 어둡게 서성였다.

그럼 그 테이블에 하나의 의자처럼 무심히 앉아볼까요.
우리는 이미 앉았습니다.
쓸까요.
이미 쓰고 있습니다.
당신은 어째서 잘 못 자나요.
침대, 침대 때문인 것 같아요.

침대가 무슨 잘못을 했나요.

너무 크고, 너무 하얗죠.

큰 잘못을 한 것 같군요, 침대는.

이렇게 말하니 침대는 정말 큰 잘못을 했다고 씁시다. 너무 크고, 너무 하얀 그 침대 위에서 나는 도무지 어디로 가야 할지 모르겠어요. 너무 광활하고 눈부신 광장 위에서처럼.

그 침대요.

이 침대.

침대라면 최소한, 우리가 가야 할 분명한 방향을 제시해 주어야 하는 것 아니겠어요. 이끌어주는 것까진 바라지 않아요.

분명한 방향요.

잠으로 향하는 좁고 긴 통로 말이에요.

그 방으로 향하는 좁고 긴 통로가 제시되었던 것처럼 말인가요.

그 방요.

이 방.

이 방에 오면 잘 잘 줄 알았지요. 이 방에 오면 잘 잘 줄 알았어요.

이 방만이 당신에게 제시된 유일한 좁고 긴 통로였나요.

나에게 제시된 유일한 좁고 긴 통로는 이 방뿐이었어요.

이렇게 말하니 정말 이 방만이 나에게 제시된 유일한 좁고 긴 통로였다고 씁시다. 잘 잘 줄 알았던 다른 방도 없었지요. 잘 잘 줄 알았던 다른 방도 없었어.

기대가 컸던 거예요. 기대가 너무 컸어.

그런데 실망한 거군요. 너무 기대했기 때문에, 오히려 실망한 거예요.

아니요. 더 크게 기대했어요. 점점 부풀어 오르는 기대의 거대한 풍선이 그 방을 가득 채울 만큼.

어떤 기대요.

그 방에 대한.

이 방요.

아니요, 그 방. 우리가 떠나간 방. 떠나감으로써 그 방이 된, 그 방.

그 방을 기대했나요? 크게 실망해놓고?

크게 실망했죠. 크게 실망하고 좌절했죠. 크게 좌절하여 도망쳐 왔죠.

그래 놓고 무엇을 기대했단 말인가요. 무엇을 기대할 수 있었나요.

그 방을.

그러니까 그 방의 무엇을.

그저, 그 방을. 그 방 자체를. 도저히 참을 수 없어 도망쳐
온 그 방. 모든 걸 너무 정면으로 봤던 방. 정면으로 맞섰던
방. 정면 승부했던 방. 그 방이 미치도록 그리웠어요. 그 방
에 대한 갈망의 거대한 풍선이 믿을 수 없이 부풀어 올라 이
방을 가득 채웠어요. 이 방의 잠을 하얗게 태웠어요. 이 방
에 오면 잘 잘 줄 알았는데. 이방에 오면.

던힐 멘솔을 피우는 전 투숙객은 계속해서 던힐 멘솔을
피웠다. 정확히 화장대와 바다 사이에서. 던힐 멘솔의 흰 연
기가 화장대 거울에 비쳤다. 그것은 너무 짙어서, 전 투숙객
의 얼굴은 보이지 않았다. 바다를 열면 연기가 좀 빠질까 해
서 바다를 열었다. 바닷소리만 들렸다. 밤이나 낮이나 똑같
이 규칙적으로 들리는 바닷소리는 밤과 낮의 구분을 모호
함으로 이끌었다. 잠과 잠자지 않음의 구분 역시. 잠과의 불
화의 원인은 어쩌면 단순히 이 때문인지도 몰랐으나,

어떤 방이 그립다는 건 그 방에서의 삶이 그립다는 거예요.

던힐 멘솔을 피우는 전 투숙객은 글쓰기를 이었다.

어떤 방이 미치도록 그립다는 건 그 방에서의 너와 내가
미치도록 그립다는 거예요.

그는 계속해서 이었다. 나는 화장대 거울을 가득 채운 흰 연기를 노려보았다. 그건 너무 정면을 파고드는 이야기였다. 고개를 돌리고 싶었으나, 그런 나와 무관하게 글쓰기는 계속되었다. 그것은 우리를 둘러싼 어둠 너머에서 일어나는 일이었다. 어둠이라는 견고하고 미더운 한 겹의 커튼이 나와 글쓰기 사이에 무심히 존재하고 있었다. 나는 단지 테이블 위에 놓인 하나의 컵이었다. 두 개의 컵 사이에도 한 겹의 어둠이 접착과 집착으로부터 그들을 구하고 있다. 이렇게 생각하면 우리는 안심을 구할 수 있다. 그리고 어떤 이야기를 구해볼 수도.

구해볼까요.

구해보세요.

그 방을 구해볼까요.

그 방을 구해보세요.

하지만 설명할 순 없어요. 무엇, 무엇, 무엇이 존재하는 방이었다고 그 방을 설명할 순 없어요. 아직 아무것도 나열할 순 없어요. 그 방은 아직 끈적한 어둠 덩어리니까.

하지만 구해보세요. 글쓰기는 시작되었으니. 그것은 나만의 것이 아니고, 우리 공동의 것이니.

그 방이 나만의 것이 아니고, 우리 공동의 방이었던 것처럼?

그렇게 물으니 그 방은 오직 우리 공동의 방이었다고 씁니다.

하지만 그 방의 '우리'조차 나열이 불가능한 어둠 덩어리예요 아직은. 그 어떤 너희보다 어둡고 어두운 정신의 굴이죠 우리는. 우리의 구성원은 너와 나였다고, 간결하게 설명할 수 없어요.

3인칭이 필요한가요.

너와 나를, 나와 무관한 사람들로 둔갑시킬 간결한 3인칭이 간절히 필요합니다.

너와 나, 그리고 너와 나를 구해보려는 나 사이에 3인칭의 견고하고 미더운 어둠의 장막을 한 장 드리워야만 하나요.

그래야만 그 방의 목숨이라도 구해볼 수 있어요. 목숨만이라도 살려볼 수 있어요.

목숨만이라도 살려주세요,

밤마다 읊조리던 방이었어요. 매일이 밤이고, 낮도 밤이던 방이었어요. 그 밤의 방엔 아직 그 사람과 그 애가 머물고 있어요. 그 사람은 여전히 그 애의 약 시간을 맞추고, 그 애는 꾸벅꾸벅 졸고 있어요. 쑥색 암막 커튼으로 가려진 그 방의 어두운 침대엔 붉은 자국이 찍히고, 그것은 어둠으로도 가리지 못해요. 붉은 자국이 찍힐수록 그 사람은 고개를 숙이고, 목을 숙이고, 허리를 숙이다 척추는 완전히 반으로 접히고 말아요. 완전히 접힌 채 공중의 그물에 매달린 그 사람의 머리에 그 애가 올라타고, 오직 그 사람만이 들을 수 있는 신음으로 울고 있어요. 그 사람과 그 애만이 울고 있어요.

암막 커튼 밖은 여전히 생동하는 시퍼런 낮의 감각인가요. 그 사람과 그 애, 여전히 쑥색 암막 커튼의 쑥색 어둠 속에서 하얀 가루를 녹이고, 하얀 액체를 주사기에 빨아들이고, 누런 잇몸 사이에 주사액을 주입하나요. 촘촘한 약의 시간 사이엔 먹이를 먹이고, 먹이를 먹이는 일을 고민하고, 오직 먹이를 먹이는 일에 전념하다 문득문득 암막 커튼 틈의 시퍼런 세상을 단념하나요. 단념하고, 단념하나요. 단념의 시퍼런 칼날로 메마른 살갗을 조금씩 저며내나요. 안녕, 안녕. 그러다 암막 커튼보다 암막된 시간, 조용히 유모차를 끌고 나가 그 사람과 그 애, 암막된 세상을 걷나요, 언어 없이. 여전히 그 방에서 그들은, 언어 없이.

던힐 멘솔을 피우는 전 투숙객은 계속해서 던힐 멘솔을 피웠다. 정확히 화장대와 바다 사이에서. 화장대 거울은 던힐 멘솔의 연기로 완전히 하얘져 있었다. 이번엔 좀더 활짝 바다를 열어보았다. 갈매기 날아올랐다. 과거나 현재나 똑같이 날아오르고, 날아오르고, 날아오르는 갈매기들은 과거와 현재의 구분을 모호함으로 이끌었다. 잠과 사라진 잠의 구분 역시. 잠과의 불화의 원인은 어쩌면 단순히 이 때문인지도 몰랐으나,

　어떤 방을 쓴다는 건 그 방을 걱정하고 쓰다듬는 거예요.

　던힐 멘솔을 피우는 전 투숙객은 글쓰기를 이었다.

　언어 없는, 원시의 어떤 방에 대해 쓴다는 건 언어화할 수 없었던, 언어화되지 않았던, 입을 틀어막았던, 휘몰아치던, 광포한, 저항 불가능했던 시간, 그 시간의 고통을 걱정하고 쓰다듬으며 그 고통의 장기 투숙객들을 위한 언어를 생성해내는 거예요.

　그는 계속해서 이었다. 나는 화장대 거울을 가득 채운 흰 연기를 노려보았다. 고개를 돌리고 싶었으나, 글쓰기는 계속되었다. 고개를 돌리고 싶었으므로, 글쓰기는 계속되었다. 영원히 고개를 돌리고 싶을 것이므로, 글쓰기는 언제까지나 계속될 것이었다. 눈이 아팠다. 눈알이 빠질 것처럼 눈이 아팠다. 거울 속 자욱한 연기엔 어디에도 초점을 맞출 수 없으므로, 그것은 마치 아득한 바다를 노려보는 것과 같았다. 아득한 바다와 정면 승부하는 것과 같았다. 아득한 바다에 침몰하는 것과 같았다. 천천히…… 가라앉고 있었다. 천천히…… 그러던 어느 순간…… 완전히.

그리고 눈을 떴을 땐, 흑백의 방이었어.

잤니.

잤어.

얼마큼.

방의 빛깔이 모조리 빠져버릴 만큼.

흰 연기로 가득했던 화장대 거울은.

모조리 빠졌어. 거울 속은 텅 비어 있었어.

바다로 가득했던 창문은.

텅 비어 있었어.

기억으로 가득했던 너는.

텅 비어 있었어.

어둠으로 가득했던 방은.

텅 비어 있었어. 텅 빈 방에서 나는 아무 기억도 나지 않
았어. 방은 텅 비었으므로 아무것도 없었는데 나도 없었으
므로 아무 기억도 없었어.

하지만 너는 다르게 쓸 수도 있을 거야. 아무 기억도 없었
는데, 배 속에 기억을 품은 것 같았다고.

아무 기억도 없었는데, 배 속에 기억을 품은 것 같았어.

배 속에 기억을 품었고, 넌 없었니.

투숙객은 없었어. 방은 텅 비어 있었어.

하지만 너는 언제나 다르게 쓸 수 있지. 투숙객은 없었으나, 목숨을 끊진 않았으니까.

투숙객은 없었어. 아무 투숙객도 없었는데, 방은 글쓰기를 품은 것 같았어. 고통의 글쓰기를, 입을 틀어막았던, 휘몰아치던, 광포한, 저항 불가능했던 언어를, 벽지 깊이, 천장 깊이, 바닥 깊이.

그리고 다음 투숙객이 머무는 동안, 그것이 냄새처럼 스며 나올 것 같았지. 정확히 무엇과 무엇 사이,

침대와 테이블 사이,

의자와 화장대 사이,

컵과 컵 사이,

벽과 벽지 사이,

파도와 파도 사이,

들숨과 날숨 사이,

모든 것이 가득해지는 순간,

바닷소리가, 갈매기 울음이, 밤이, 잠 없는 밤이, 기억이, 그 방의 기억이, 빠르게 죽음을 향해가던 육체의 기억이, 시선의 기억, 나를 바라보던 그 애의 동공이, 터질 것처럼 부풀어 오를 때,

그 방의 죽음이 나를 부를 때,

(침묵)

쓴다.

나와 죽음 사이에 견고하고 미더운 어둠의 장막을 한 장
드리운다.

가라앉는 대화

그는 먼저 도착해 있었어요. 테이블에 앉은 채로 나를 향해 크게 미소 짓고 있었어요. 그의 얼굴은 밝았어요. 거의 눈부실 지경이었어요. 강한 조명이 그의 정수리를 누르고 있는 데다, 못 본 사이 그가 살이 많이 찐 까닭에, 넓은 면적의 얼굴은 공간의 빛을 거의 독점적으로 흡수하고 있는 것만 같았어요. 게다가 강렬한 반가움의 표정까지 더해져 조금 과장하자면 그의 얼굴은 어둠 속에 뜬 하나의 발광체 같았어요. 그는 발광하고 있었어요. 그런 그의 모습은 내게는 무척 낯선 것이었어요. 내 기억 속에는 없는 모습이었어요. 기억 속 그의 모습은 부연 물에 잠긴 수초와도 같은 희미한 미소를 지으며, 이걸 한번 키워보겠니, 읊조리듯 물으며 내게 작은 화분을 건네는 것이었어요. 그리고 몇 주 뒤, 여지없이 말라비틀어져 죽은 화분을 내 방 창가에서 발견하고는, 부연 물에 잠긴 수초와도 같은 희미한 미소를 지으며, 말없이 회수해 가는 것이었어요. 그런 그가 마치 네온사인처럼 발광하고 있었어요. 어쩐지 인공적인, 혹은 비인간적인, 그가 발하는 광채에 말없이 놀라워하며 이런 것이 바로 긴 시간이 사람의 얼굴을 통해 말하려는 기이한 주제로구나, 내 얼굴에는 시간의 이야기가 얼마큼 기이한 형태로 드러나 있을까, 생각하며 그의 맞은편에 앉았어요. 자, 당신, 말해주세요. 자리에 앉은 내게 그가 던진 첫마디를.

넌 그대로구나. 하나도 변하지 않았어. 10년 전 그대로야.

그래요. 부연 물에 잠긴 수초와도 같은 부드러움으로 그는 그렇게 말했어요. 난 안심했어요. 그것은 기억 속 목소리였기 때문에. 한 사람의 질감을 형성하는 결정적 요소인 목소리까진, 아직 시간의 손을 타지 않았기 때문에. 더 단순하게는 내가 만난 사람이 내가 생각한 그 사람이 맞기 때문에. 하지만 아니라 해도 나는 크게 실망하지 않을 수 있었는데, 왜냐하면 그 사람을 만나고자 하는 마음이 크지 않았기 때문이었어요. 솔직히는 그런 마음은 조금도 없었고, 더 솔직히는 지난 10년간 그를 완전히 잊고 살았는데, 어느 날 문득 그에게서 연락이 왔고, 그즈음 나는 길었던 고립의 시간을 끝내고 사람을 만나볼까 하던 시점에 있었기 때문에, 만나는 사람이 그 사람이면 왜 안 될까, 하는 마음으로 약속을 잡은 것이었어요. 하지만 당신도 잘 알다시피 약속을 기다리는 사흘간은 오직 그 사람에 대한 생각만 했죠. 그 사흘간 당신은 철저히 배제되었고, 그저 내가 기억해낸 그의 어떤 말 — 이를테면, '이걸 한번 키워보겠니' '요즘은 교양소설을 읽고 있어' — 을 재생시켜주는 목소리로만 등장할 뿐이었는데, 그건 왜 그랬는지 잘 모르겠어요. 아마도 나는 당신의 목소리에 너무 익숙하고, 그에 대한 희미한 기억의 조각은 툭툭 영사가 끊겨버리곤 하는 낡은 무성영화로만 재생될 뿐이어서, 그의 벙긋거리는 작은 입에 당신의 목소리가 입혀졌던 걸까요. 하지만 이제 와 깨닫는 사실은(혹은 언제나 조금 뒤늦게 깨닫는 사실은), 그의 텅 빈 입을 채워주던 당신의 목소리가, 부연 물에 잠긴 수초와도 같은 그의 목소리와 크게 다르지 않고 오히려, 어떤 목소리가 부연 물에 잠긴 수초와도 같은 거라면 그것은 깊이, 더욱 깊이 침잠한 당신의 목소리, 당신의 목소리여야 한다는 것.

정말 똑같아. 짧은 머리며 그런 옷, 그런 표정…… 여전히 사진을 찍니?

나는 고개를 저었어요. 그러자 그는,

그건 똑같지 않네.

중얼거리며 살짝 웃었는데, 10년 전이라면 허약해 보일 정도로 부드러운 웃음이라고 표현했을 그것이, 지금은 살이 많이 찐 까닭에, 살이 흘러내릴 정도로 허약한 웃음으로 변모하였음을 나는 알 수 있었어요.

나는 결혼을 했었어. 너와 헤어지고 바로. 그리고 이민을 갔었어. 캐나다로.

그리고 곧바로 그런 이야길 했죠. 결혼과 이민…… 손에 닿지 않는 삶의 거대한 이벤트와 같은 이야기를, 거짓말이어도 상관없을 과거완료형의 종결어로. 그건 그에게도 마치 그가 종종 읽곤 하던 교양소설의 전형적인 줄거리와도 같은 내용이었던지 자신의 지난 시간을 거의 연대순으로 구술하는 그의 얼굴은 처음의 강렬하던 광채를 허무하리만치 빠르게 잃어가고 있었어요.

2005년엔 아내와 어학을 했어. 평일엔 어학원엘 가고 주말엔 주변 도시로 여행을 다녔어.

뿐만 아니라 나이가 들어서인지 역시 빠른 속도로 입술이 하얗게 메말랐는데, 그건 그만의 피로함의 표시라는 걸, 메말라가는 입술을 보며 나는 기억해낼 수 있었어요. 그럼에도 그는 인내심을 가지고 이야기의 큰 줄기를 이루는 삶의 세세한 에피소드까지 가능한 빠짐없이 나열했고,

2006년은 운이 좋았던 해였어. 여름 바캉스 중에 우연히 만나 친해지게 된 일본인 부부로부터 중고 푸조 한 대를 거의 공짜로 얻어서 생활의 큰 불편을 하나 덜 수 있었어. 그곳은 땅이 넓어 차가 없으면 이동하기가 영 수월찮거든. 그리고 가을부터인가, 그곳에 나보다 먼저 정착한 선배가 번역 일을 주어 조금씩 생활비도 벌 수 있었고……

또 부연했는데,

그때 했던 번역 중 하나는 2007년에 P 사의 자연과학 시리즈 중 한 권으로 출판되었어. 습지식물의 교란종에 대한

논문이었어,

라는 당신의, 아니, 그의 말을 듣는 순간 그의 잘 정돈된(정돈되어가는) 줄거리를 교란하고 싶은 마음이 들어서 불쑥, 어제는 뭘 했느냐고, 시제를 급격히 당겨와 마치 어제만 못 본 사람처럼 태연하게 물었어요. 그러자 일순 그의 입은 굳게 다물어졌고, 줄거리를 교란당한 교양소설의 작가처럼 화난 표정으로 어두워지는가 싶더니, 어둠은 한순간 빛으로, 어느 지방 국도의 현수막에서 보았던 '빛에서 빛으로'의 바로 그 빛으로, 너무도 찬란하여 기이할 지경인 처음의 그 빛으로, 네온사인처럼 발광하며 다시금 그 말을 반복하는 것이었어요.

넌 정말 하나도 변하지 않았구나, 10년 전과 똑같아, 똑같이……

(이어지는 그 단어는 조금 작은 목소리로 말해주세요.)

자유로워.

말하자면 나는 역습을 당한 거였죠. 즉, 교란당한 쪽은 내

쪽이었고, 그는 아무런 타격도 입지 않은 채 오히려 활기를 되찾아, 화제를 나로, 나의 자유로움으로 전환하여 그야말로 자유롭게, 그가 체험했던 나의 자유로움에 대한 기억의 서랍을 하나하나 열어 보이는 거였어요. 당신은 잘 알죠, 누군가 자유와 나를 연관시킬 때마다 —'자유로워 보여요' '자유로운 영혼의 소유자시군요'— 정신이 짙은 안개 속으로 빠져드는 것처럼 아득해져서, 어디서부터 어디까지 설명해야 오해가 풀릴지 눈앞이 깜깜해지고, 그렇게 나를 판단한 저 사람의 사고의 자유로움이라는 거대한 벽 안으로 새롭게 스스로를 감금하여 결국 한마디 입도 벙긋 못 하고 자유로운 인간이라는 오해의 무거운 외투를 한 겹 더 추가하여 껴입은 채로 남은 생을 끌어간다는 것을…… 당신도 그런가요. 나는 그런데…… 내가 그렇다는 사실은 당신과 나 모두 잘 알고 있는데…… 혹시 당신도 그런가요?

난 너의 이런 자유로움이 너무 좋아.

그런가요?

항상 너무 좋았지. 도대체 어디로 튈지 예상할 수 없는……

그래요, 이어가요. 이야기를 이어가요. 난 당신의 이런 단호함이 너무 좋았어요. 도대체 어디로든 튀도록 허용하지 않는……

그거…… 기억하니?

나 역시 당신의 단호함에 대한, 엄격할 정도로 단호한 당신에 대한 기억의 서랍을 열두 개쯤은 열어 보일 수 있을 거예요. 그거…… 기억해요?를 서두로 하여.

너, 사라졌던 거.

응?

기억 안 나? 우리 영화제 갔을 때, 전주에서.

……

아침에, 전주 길거리에서, 갑자기.

……

너, 사라졌었어. 30분 동안.

　나, 사라졌다고 그는, 사라졌던 나는 모르는 사실을 그는, 한 인물의 일생을 간파하고 있는 교양소설의 작가처럼 여유로운 얼굴로 일러주었고, 왼쪽에서 오른쪽으로 글자를 따라갈 뿐인 독자는, 지면의 위에서 아래로 순순히 끌려갈 뿐인 독자는, 최후의 단어, 30분…… 30분을 초조히 중얼거리며 인물에게 벌어진 사건을 이해하려고 힘없이 꿈틀거릴 뿐이었는데 꿈틀거릴수록 안개 속으로, 직전의 안개와는 비교도 할 수 없이 까마득한 꿈의 안개 속으로 빠져드는 것만 같았어요.

　그래, 딱 30분 동안만. 30분 뒤에는 어디선가 스윽 나타나더니 태연한 얼굴로 다시 내 옆을 걷고 있더라. 너를 찾아 그 도시의 골목을 헤매느라 나 역시 길을 잃은 상태였는데 말이야…… 우린 이미 지친 상태였었지. 밤새, 도무지 이해할 수 없는 영화를 장장 다섯 시간에 걸쳐 관람한 직후 이른 아침이었어. 네가 선택한 심야 프로그램이었지. 익스페리멘탈한 거라고, 자진하여 위험에 처하는 종류의 거라고 했어. 그러면서 상영 시간 내내 넌 잠을 잤잖아. 그냥 눈만 감고

있었는지 몰라도…… 하긴, 그래도 되긴 했지. 눈을 감고 봐
도 되는 영화였어. 눈을 뜨나 감으나, 눈앞은 검은 어둠뿐이
었으니까. 대신, 목소리들이 있었어. 목소리들이 유일한 출
연자들인 영화였어. 많지는 않았어. 그냥 한두 개, 혹은 서
너 개의 목소리들. 정확히 세지는 않았어. 정확히 센다는 것
이, 그러니까 누가 누구고 누가 누구가 아님을 구분한다는
것이, 나는 이런 것은 잘은 모르지만, 불필요하게 여겨지는
그런 대화. 그래, 목소리들은 일종의 대화를 하고 있었고,
실제의 많은 대화가 그러하듯 그것은 불시에 툭툭 단절되
거나 단절된 침묵 속으로 가능한 모든 기대와 예상을 저버
리는 말의 파편이 헤드라이트 불빛처럼 번쩍 스쳐 지나가
거나 스쳐 지나간 그것을 계기로 대화는 도무지 갈피를 잡
을 수 없는 방향으로 빠져 들어가거나 깊게 빠져 허우적대
면서도 대화를 가장하기까지 한 혼잣말이 끈질기게 계속되
기도 하였는데 그중에서도 기억에 남는 건 한 여자의 목소
리. 대화를 가장하지도 않고 철저히 혼자서 길게 읊조리던,
어쩐지 부연 물에 잠긴 수초와도 같이, 도무지 빠져나올 수
없을 것 같던 여자의 목소리.

　무엇으로부터?

긴 읊조림 그 자체로부터. 긴 읊조림이 처한 고립의 상태로부터. 긴 읊조림이 지향하는 꿈의 대화로부터.

이런 식이었어, 여자의 읊조림은. 묻고 대답하는, 혹은 묻지 않아도 대답하는 모든 대본을 억양도 없는 여자의 목소리가 낮게 읊조렸고 두 시간이 넘게 읊조림이 계속되는 동안 관객들은 하나둘 자리에서 일어났지. 하지만 도무지 빠져나올 수 없는 것은 그들이기도 했어.

무엇으로부터?

상영관으로부터. 상영관에 울려 퍼지는 긴 읊조림으로부터. 상영관에 갇혀 울리는 긴 읊조림의 메아리의 메아리로부터.

스크린처럼 캄캄하고 막막한 얼굴로 무거운 출구 문을 밀었지만 문밖에서 그들이 마주한 것은 외진 도시의 새벽 3시, 어디도 갈 데가 없다는 스크린보다 캄캄하고 막막한 현실. 하나둘 떠났던 관객들은 다시 하나둘 돌아왔어. 그리고 차라리 읊조림 속에서 잠들길 기다렸지. 너도 잘 알겠지만, 그것은 가능한 일이었어(넌 그냥 눈만 감고 있었는지 몰라도……). 그리고 기이한 일이었어. 고백하자면, 나 역시 잠깐 잠이 들었었는데(너의 선택을 이해하기 위해, 정확히는 자진하여 위험에 처한다는 너의 말을 이해하기 위해 필름의 1초도 놓치지 않으려 무진 애를 썼지만 결국엔) 읊조림 속에서 잠들었기 때문인지 잠 속으로 읊조림은 쉬이 스며 들어와, 마치 내 잠이 그녀 읊조림의 최종 목적지인 것처럼 읊조려지는 모든 단어들이 최소한의 혼란도 없이 그 어느 때보다 순조롭게 잠의 밑바닥에 정착하는 와중에, 그 읊조림이 실제의 읊조림이었는지는 확신할 순 없지만 여자는 누군가와의 재회에 대해서 읊조리고 있었음을 희미하게 기억하는데, 특히 상대의 얼굴빛에 대하여, 그의 얼굴이 이상하게 너무 밝더라고, 거의 눈부실 정도로 밝은, 마치 네온사인과도 같이 인공적인, 혹은 비인간적인 광채가 그의 얼굴에서 강렬히 발하더니 몇 마디 대화를 나누기가 무섭게 빠른 속도로 사그라지더라고, 마치 그의 몸에 찌꺼기처럼 남아 있던 빛의 알갱이가 최후의 힘을 다해 한순간 휘황하게 번쩍였다가 픽 꺼져버리는 것 같았다고, 그리하여 인공적인, 혹은 비인간적인 광채가 온데간데없이 제거된 얼굴엔 비인간의 창백함만이 남더라고 그러니까 얼굴이……

    죽은 사람을 닮았어요.

읊조린 순간 나는 알 수 없이 눈물을 흘리며 잠에서 깨어났고 미칠 듯한 두려움에 곧장 옆 좌석의 너를 돌아보았는데 너는 없고, 텅 빈 어둠만 자리할 뿐이고, 얼마 뒤 네가 담배 한 대를 태우고 왔다고 속삭이며 그 자리를 채웠지만 어쩐지 나는 네가 내게서 사라짐을 조금씩 연습하고 있음을, 내일은 다른 형태의 사라짐이, 모레는 또 다른 사라짐, 글피는, 또 글피의 글피는…… 조금씩, 자진하여, 위험에 처하는 연습을 하다가 어느 날 완전히 그것을 이행할 것임을, 이미 그 순간 전부 예상했는지 몰라. 그래 정말로, 너를 이렇게 다시 만나게 될 줄은 몰랐지. 너를 만나다니 정말 꿈만 같아. 혹시…… 이게 꿈은 아니지?

나는 뭐라 할 말이 없었어요.

정말 꿈이 아니지? 너는 꿈에 자주 나왔는데.

나는 정말 뭐라 할 말이 없었어요. 나는 한 번도 그의 꿈을 꾸지 않았기 때문에.

꿈속에서 우리는……

당신도 잘 알겠지만, 나는 언제나 당신의 꿈을 꾸었죠. 꿈 속에서 우리는……

이렇게 꿈의 대화를 나누고 있어.

이렇게 꿈의 대화를 나누고 있어요. 그가 나누고 있다고 꿈꾸는 대화도 실은 당신과 나의 대화의 일부일 뿐이에요. 말해야 할까요? 꿈의 차이는 그 어떤 차이보다도 극복할 수 없는 거라고? 취향, 종교, 정당, 국적의 차이는 말할 것도 없고 심지어 생사의 차이도 꿈의 차이보다는 덜 엄격한 거라고? 그는 나를 꾸고, 나는 당신을 꾼다는 것은 다시 말하자면 나는 그를 꾸지 않고, 당신은 나를 꾸지 않는다는 거라고? 꿈꾸지 않음은 욕망하지 않음이고, 욕망하지 않는데도 우리는 지나간 시간에 대한 후회와 알 수 없는 죄책감 속에서 누군가를 그리워할 수는 있어서, 그 누군가는 무음으로, 덩어리로, 색채로, 추상으로, 꿈에 등장할 수는 있어서, 등장하여 가장 처절한 방식이지만 우리가 욕망하는 사람과의 대화를 이어갈 수 있는 미디어로 작용할 수 있어서, 그럴 수 있어서 꿈결에 우리는 눈물을 흘리는 거라고, 굳이 설명해야 할까요? 그럴 필요 없을 것 같아요. 그의 얼굴이 다시금 무섭도록 빠르게 빛을 잃어가고 있으니까. 내가 등장하는 꿈의 서랍을 열두 개쯤 열어 보였지만 공유될 수 없음을 알아챈 그는 가차 없이 무너져가는 빛으로 자신의 줄거리를 마저 구술하기 시작했어요.

책이 출간된 이듬해엔 원하는 학교에 입학할 수 있었어. 수백 킬로미터에 달하는 긴 강으로 알려진 L 시에 있는 학교라 연구에도 좋은 조건이었지. 그래서 일부러 강 하류에 위치한 마을의 주택에 세 들어 살았어. 기숙사보다 멀고 비싸긴 했지만 다행히 번역 일도 계속 들어왔기 때문에……

그리하여 인공적인, 혹은 비인간적인 광채가 온데간데없이 제거된 얼굴엔 비인간의 창백함만이 남아요. 그리고……

……그리고 이건 꼭 네게 이야기하고 싶었는데, 그해 말엔 익스페리멘탈한 거를 했어. 자진한 것은 아니었지만, 내 생각에, 모든 위험은 익스페리멘탈한 것 같아. (나는 그 순간까지도 너의 그 말을 곱씹고 있었어.) 평범한 날이었어. 연구실에서 학우들과 스터디를 하고 집으로 돌아오던 밤. 아니 그날따라 좁은 2차선 도로 위를 기어오르는 강의 안개는 더욱 짙었을까, 커브를 도는데 정면에서 불쑥 덤프트럭이 출

현함과 동시에 내 차를 덮쳤고, 두 차는 동시에 가드레일을 넘어 강 아래로 추락했어. 생존자는 없었어.

그의 목소리는…… 잠겨요, 부연 물속에…… 깊이 잠겨 더 이상 들리지 않아요.

……

그래요, 바로 그런 침묵…… 침묵이 영원의 침묵 속으로 사라져버린 것 같은…… 그런 침묵으로……

……

그는 침묵해요. 숨이 막혀요.

……

나 역시 그에게 이야기하고 싶었던 것이 있었어요. 나는 그처럼 지난 시간을 잘 정돈된 줄거리로 구술할 수는 없겠지만 교란된 방식으로라도, 풀어본다면…… 그러니까 오해의 무거운 외투를 벗어버릴 수는 없겠지만 외투의 단추 하나만이라도 풀어본다면…… 나는 절대로 예전 그대로가 아니라고. 오히려 정반대로, 그 누구보다 시간의 주제에 순종하며 끌려왔다고. 나는 이제 내 손에 들어온 화분은 나 자신 말라비틀어지는 한이 있더라도 정성을 다해 보살피는 사람이 되었다고. 충분한 양의 물과 영양과 햇빛을 공급하는 일에 기쁨을 느끼고, 그것을 공급하지 못하거나 부족하게 공급하는 일에 고통과 불안을 느끼는 사람이 되었다고. 그런 기쁨과 고통과 불안이 잎맥처럼 고스란히 남은 얼굴을 가졌다고. 그 점에 대해서 당신은 잘 알죠. 당신은 뭐든 잘 알고 있죠. 만나지 않아도, 말하지 않아도 나에 대한 모든 것을 아는 사람은 당신이죠. 내가 이 꿈을 10년째 꾸고 있다는 것까지.

……

D에게

우리가 강렬히 누군가의 꿈을 꿀 때, 그 누군가는 이를 느 낄까? 강렬히, 누군가와 내가 꿈에서 결합할 때 적어도 그 누군가는, 자신을 향한 보이지 않는 열망이 어딘가 꿈틀거 리고 있음을 희미하게나마 감지할까? 열망의 꿈이 꾸어지 는 동안, 그 열망의 재생 시간 동안, 그 사람이 반드시 잠을 자고 있을 거라는 보장도 없지만은 혹여나 그 사람 역시 꿈 을 꾸고 있는 중이라면 그 꿈의 아흔아홉 가지 장면 중 어느 한 신scene의 어두운 구석에서 흔들리고 있는 그림자로라도 나의 열망은 등장하게 될까? 그는 당연히 전혀 다른 기쁨 과 친화성 속에 머물고 있겠지만 어떤 흔들리는 그림자 하 나가, 두 눈이 뻥 뚫린 그림자 하나가 자신을 응시하고 있음을, 내면의 내면에서, 무의식의 무의식에서, 꿈의 꿈에서 끈질기게 바라보고 있음을 감지하는 찰나가 있을 수 있을까.

나는 그러했던가 그러지 못하였던가. A가 나를 열망하는 동안, 정확히 10년 동안, 나는 오직 B와 C만을 열망했는데 어떤 하루, 마음이 몹시 덜컹거리던 하루, 합정 사거리의 횡단보도에서 1초간 A를 떠올린 적이 있었다. A도 지금 이 횡단보도를 건너고 있을지도 모른다는 생각. 곧 스쳐 지나갔고 나는 횡단보도를 건넜던가 건너지 않았던가? 전 세계 난민의 고통이 짙은 먹구름으로 머릿속에 낮게 드리웠던 날이었고 짙은 고동색 바지를 입고 있었다. 그리고 돌아오는 즉시 그 바지를 버렸을 것이다. 그런데 돌아왔던 곳은 어디였던가? 결국 B나 C의 곁이었던 것이다. B나 C는 내 옷을 경멸스러운 눈으로 흘겨보았고 망상이었으나 고동색 바지를 버릴 때가 왔음을 직감하였다. 그리고 버렸다. 대학에 들어갔을 때, 처음 혼자 옷을 살 때 무엇을 사야 할지 몰라 샀던 바지였던가? 통이 컸고, 고동색이었다. 고동색. 나는 무심결에 종종 고동색 옷을 반복적으로 산다. 사고 나서야 아는 것이다. 아아, 또 고동색 옷을 샀구나. 그나마 고동색이라면 다행이고 황토색, 이건 말할 수 없이 외로운 것이다. 너, 참 외로운 황토색 긴 치마를 입었구나. 이런 말을 중얼거리는 꿈을 꾸게 되는 것이다. 꿈에서 음성이 발생하면 깨어나는 즉시 벽지에 그것을 기록한다. 베개 옆에는 늘 모나미 볼펜이 대기하고 있고 볼펜이 기록하는 말은 꿈의 한복판에서 쓰는 말이다. 다시 잠이 들고. 정오. 완전히 깨어나 그 메모를 읽으면 모든 문법과 의미가 파괴된, 갈라진 목소리의 문장.

파괴하라,

고 꿈은 언제나 말하는 것 같다. 실제로 내 꿈을 10년간 꾸었던 A는 큰 사고를 당했고 오른쪽 다리를 절게 되었고 냄새를 맡지 못하게 되었다. 사고 직후 한 달은 의식이 없었다고 한다. 물론 의식 없는 한 달 동안의 기억도 없다고 한다. 눈을 떠보니 한 달이 지나 있었고 모든 뼈가 으스러져 있었다. 죽기 살기로 그를 간호했던 아내는 1년 후 떠났고 그는 목금토요일마다 무조건 여자를 만난다고 했다. 앱. 그런 앱이 있다고 했다. 여자를 소개해주는. 석 달 동안 모든 직업의 여자를 만났고 아내가 떠나고 나서야 비로소 아내 꿈을 꾼다고 했다.

바로 몇 시간 전, 꿈에서 나는 당신의 페니스를 붙잡고 있었다. 묵직하고 따뜻했다. 방에 사람들이 있어서 그것을 넣을 수는 없었다. 다리를 올릴 수는 없어요, 나는 그렇게 말했다. 당신은 이해했다. 이해의 검은 눈으로 단지 페니스를 맡길 뿐이었고 그것이 묵직하고 따뜻하다는 데 깊게 안심하며, 벨벳처럼 보드랍더라고요, 속삭이던 아이를 기억했다. 아이는 처음으로 섹스를 하고 그렇게 말했었다. 우주와 쥐와 락에 대해서만 몇 년을 속삭이던 아이였다. 아이는 그것을 직접 접한 뒤에도 도저히 믿을 수 없다는 듯, 지금도 믿기지 않는다는 듯, 그것의 질감에 대해, 오로지 벨벳으로만 비유할 수 있는 그 질감에 대해 아이의 한정된 단어로 반복했다. 벨벳처럼, 그러니까 벨벳 아시죠? 보라색이나 버섯색 벨벳 말이에요, 그걸 만지는데 벨벳이…… 진짜 벨벳 말이에요…… 벨벳, 내 손에 벨벳이…… 아이는 울었다. 나 역시 울었다. 아이가 행복해한다는 사실에. 어려운 시간이 길었던 것이다. 우주에 살던 그 쥐색 쥐는 어디로 갔을까? 행복했다. 내가 붙잡고 있던 것도 꼭 그러했다. 그것은 끝까지―꿈의 끝까지―파괴되지 않았고 내 안으로 파고들지 않았으므로 황급히 꿈을 끝내버리지 않았다. 체액은 입을 통해서만 섞였고 맑고 충분했다. 나는 꼭 안아주는 사람을 좋아한다. 당신은 꼭 안아주었던가? 기억나지 않는다. 명료했던 몇 시간 전의 꿈이 빠른 속도로 파괴의 움직임에 참여하고 있는 것이다. 빨리 받아쓸 것: 키스, 스트라이프 베드, 아침, 거울, 속도, 오랫동안 나오지 않았다, '타리카', 기다림, 당신의 가족. 분명한 것: 누구도 서두르지 않았다, 처음의 어색함과 부끄러움은 자연스럽게 지나갔다, 당신의 검은 수트, 약간의 보풀.

한편, 오직 B와 C만이 꿈의 보장된 등장인물로 난무하던 시절, 정확히 2012년 11월 20일, 크림색 벽지의 하단에 나는 이러한 문장을 휘갈겼던가 휘갈기지 않았던가?

욕망하는 것이 다른 두,

서로 다른 욕망으로 얼룩진 두 사람이 결국에는 같은 스크린을 쓰기로 했던 것이다.

남자여자
—직전에서

막이 오르기 직전.

그리고 1분 전.

남자: 도시.

여자: 밑면.

1분 후.

남자: 사거리.

여자: 밑면의 측면.

1분 전.

남자: 카페.

여자: 밑면의 측면의 전복된 뒷면.

1분 후.

남자: 구석진 자리.

여자: 밑면의 측면의 전복된 뒷면의 구석진 자리의 창가.

남자: 테이블.

여자: 혹독한 빛으로 가득 찬 동그란 테이블.

1분 후의 직전.

여자: 우리는 어떻게 만날 수 있을까요.

남자: 어떻게 만날 수 있을까 고민하며 우리는 만나고 있습니다.

여자: 우리는 지금 서로의 직전에 있나요.

남자: 우리는 지금 도시의 사거리의 카페의 구석진 자리의 동그란 테이블에 있습니다. 이곳의 카페 이름은······

여자: 말하지 마세요. 이름이 발음되는 즉시 모든 것이 직

후가 됩니다. 너덜너덜해집니다. 단지 그 사실만 확인해주세요. 이곳은 도시 중에서도 관광도시인가요.

남자: 네, 관광도시입니다.

여자: 당신은 관광도시에 관광 온 관광객인가요.

남자: 아니요. 나는 관광도시에 거주하는 거주민입니다.

여자: 그렇다면 나 역시 관광도시에 거주하는 거주민인가요?

남자: 아니요. 당신은 관광도시에 관광 온 관광객입니다.

여자: 그런가요?

남자: 그런데 어쩌면…… 관광도시에 거주하는 관광객이라고도 할 수 있겠습니다. 당신은 관광하지 않으니까요. 벌써 석 달째……

여자: ……

남자: 그런데 정확히는 당신은 거주한다고도 할 수 없습니다. 거주란 정착을 목적으로 하는 생계나 사교 따위의 활동을 의미하는데 당신은 그 어떤 활동도, 거의 미동도 않으니까요. 하루 종일 당신이 하는 일이라곤 카페의 이 테이블에 앉아 창밖을 바라보는 것뿐…… 벌써 석 달 동안……

여자: 그런가요……?

그로부터 1분 전.

여자: 우리는 어떻게 말할 수 있을까요.

남자: 어떻게 말할 수 있을까 고민하며 우리는 말하고 있습니다.

여자: 당신은 주로 대답하나요?

남자: 나는 주로 당신을 봅니다.

여자: 나는 주로 질문하나요?

남자: 당신은 주로 창밖을 봅니다.

여자: 그런가요?

남자: 압도적으로 오직 그 일만을 합니다. 그러나 꼭 또 그렇지만은 않을 겁니다. 나 역시 압도적으로 오직 당신만을 보지만, 그러나 꼭 또 그렇다고만은 할 수 없기 때문에.

여자: (탄식하며) 내가 빼앗긴 당신 시선의 절반은 어디에 있나요?

남자: (주저 없이) 당신 동공의 뒷면에 있습니다.

여자: 그것은 정치적 발화인가요?

남자: 질병의 고백입니다.

그들로부터 1분 후.

여자: 그러니까 나는 압도적으로 오직 창밖을 보는데, 꼭

또 그렇다고만 할 수는 없다는 거군요.

남자: 그렇습니다. 이를테면 당신은 창밖을 보지만, 가끔씩 창문이 어두운 화면이 될 때, 뭔가를 끄적입니다.

여자: 밑면의 측면의 전복된 뒷면의 구석에서, 나는 펜과 노트를 지참하고 있나요?

남자: 늘 황급히, 당신이 늙은 웨이터에게 펜을 빌려 끄적이는 곳은 주인을 잃고 카페의 이곳저곳을 떠도는 신문지의 여백 혹은 보도사진 위. 때론 이미지를 완전히 뒤덮고 인쇄된 글자 위로 범람할 정도로 이루어지는 당신의 열렬한 글쓰기를 옆 테이블의 사람들은 흘깃거리기도 합니다.

여자: 나의 글은 외부의 시선에 적나라하게 드러나나요?

남자: 드러나지만, 아무도 이해하지 못합니다.

여자: 그 글은 나의 모국어이기 때문에?

남자: 그 글이 당신의 모국어가 아니라 하더라도.

여자: 당신은 지금 당신의 모국어로 이야기하고 있나요?

남자: 그렇습니다.

여자: 나는 지금 나의 모국어로 이야기하고 있나요?

남자: 그렇습니다.

여자: 우리는 같은 모국어를 가졌나요?

남자: 그렇지 않습니다.

(침묵)

여자: 우리는 지금 무엇을 하나요.

남자: 나는 당신을 봅니다. 당신은 창밖을 봅니다.

그들로부터 1미터 전, 눈에 띌 정도로 많은 사람들의 행렬이 지나가기 시작한다.

중간중간 작은 깃발을 든 사람들, 이 도시의 언어가 아닌 다소 근육질의 음성으로 웅성거리며 느릿느릿 여유롭게 걷는다. 창문은 어두운 화면이 된다.

여자, 급하게 늙은 웨이터를 찾는다.

남자: 당신은 창밖을 봅니다. 당신처럼 창밖을 보는 사람은 처음 봅니다. 때론 창밖의 이미지를 완전히 뒤덮고 펼쳐진 풍경 너머로 범람할 정도로 집중된 당신의 시선을 옆 테이블의 사람들은 홀깃거리기도 합니다. 당신의 시선은 외부의 시선에 적나라하게 드러납니다. 드러나지만, 아무도 이해하지 못합니다.

여자: ⋯⋯

남자: 대체 뭘 보는 거야, 그들은 당신의 시선을 따라 당신의 창밖으로 시선을 던져보기도 하지만 눈에 들어오는 것은 특별할 것도 없는 관광도시의 풍경입니다. 목에 카메라를 멘 관광객들이 빙 둘러선 시계탑과 페인트칠 벗겨진

백마들이 빙빙 돌아가는 회전목마, 그리고 이들 사이 어딘가 늘 존재하는 맥도날드.

여자: ……

남자: 풍경에서 특별함을 찾지 못한 그들은 빠르게 시선을 옮겨 당신에게서 특별함을 찾습니다. 나는 당신을 보는 그들의 눈을 바라봅니다. 그리고 그들이 당신에게서 읽어내는 것을 읽어냅니다. 단순하고, 경박하기조차 한 단어들. 때론 매슥거릴 정도로 유황 냄새가 나는 천박한 단어들. 나는 구토합니다. 당신을 보는 그들의 시선을 보며 구토합니다. 달려들어 그들의 사진기를 빼앗고픈 충동을 가까스로 억제합니다.

여자: ……

남자: 이런 나에게 조금의 침착성을 안겨주는 것은 늙은 웨이터의 시선입니다. 당신을 보는 늙은 웨이터의 시선입니다. 그는 무심합니다. 당신이 손짓하면 당신을 보고, 당신이 손짓하지 않으면 당신을 보지 않습니다. 그는 늙었습니다. 많은 시간을 살아오면서, 많은 시선을 보아왔을 것입니다. 긴 시간을 살아오면서, 아주 길고 긴 시선을 보아왔을 것입니다.

여자: ……

남자: 한 지점을 향한 멈추지 않는…… 거의 영원한……

삶의 강박으로밖에 설명할 수 없는 시선. 게다가 그는 40년을 이 북적북적한 만남의 장소에서 일해왔으니…… 그는 늙고 꼿꼿합니다. 당신이 부르면 가고, 당신이 부르지 않으면 거들떠보지도 않습니다. 이런 무심함이 때론 나를 가슴 아프게 합니다. 가슴이 아프고, 서운합니다. 그가 미워지기 전에 얼른 당신을 향한 그를 향한 나의 눈을 멀찍이 떼어내야 합니다.

여자: ……

남자: 그리고 방황하는 차가운 동공에 거의 놀라움에 가까운 온기를 주는 시선이 있습니다. 그 시선에 대해 어쩌면 당신은 나보다 더 잘 알고 있을지 모르겠습니다.

여자: ……

남자: 홀로, 당신처럼 언제나 홀로 머물고 있는…… 그러나 매번 다른…… 다른 주름과 다른 검버섯과 다른 보랏빛을 가진…… 늙은 여인들의 시선.

여자: ……

남자: 아아, 나는 그녀들이 대체 어느 순간에, 어느 문으로 들어와 언제부터 그 자리에 앉아 있었는지 눈치챈 적이 단 한 번도 없습니다. 그녀들은 마치 테이블과 테이블 사이 어둠처럼, 어둠 속의 고양이처럼 그 자리에 앉아서 당신을 바라보고 있습니다. 정확히 말하자면 창밖을 바라보는 당신

의 시선을 바라보고 있습니다. 더 정확히 말하자면 당신의 시선을 바라보거나, 바라보지 않습니다. 바라보지 않을 때도 바라보고 있습니다. 바라볼 때도 바라보지 않은 채, 바라봄이란 바로 이런 거라고, 끊임없이 바라봄의 이면을 바라보고 있습니다. 혹은 바라보고 있지 않습니다. 바라봄과 바라보지 않음을 동시에 행하는 그 눈엔 초점이 없습니다. 늙고, 바래고, 혼탁하여 흰자위와 검은자위가 구분되지 않는 그 새카만 눈은 당신 눈동자의 미래입니까?

여자: ……

남자: 당신 눈동자의 미래를 바라보는 나의 눈동자의 미래는 무엇입니까?

여자: ……

남자: 무엇이어야 합니까?

여자: ……

행렬, 모두 지나간다. 창문은 다시 밝아진다.

여자, 고개를 든다.

남자, 고개를 떨구기 직전.

여자: ……무엇이었나요?

남자: ……

여자: 무엇, 무엇들이었음이었나요?

남자: 무엇, 무엇, 무엇들이든.

여자: 네……?

남자: 무엇이어야 했을 것들.

여자: ……

남자: 당신과 같은 관광객들. 아니, 당신과 같지 않은 관광객들. 관광하는 관광객들.

여자: 관광객들은 관광을 하나요?

남자: 관광객들은 보통 관광을 합니다.

여자: 보통의 관광이란 어떤 건가요?

남자: 루브르에 가고, 생선 요리를 먹고, 기념품을 사는 것입니다.

여자: 나는 루브르에 가지 않고, 생선 요리를 먹지 않고, 기념품을 사지 않나요?

남자: 또한 그 모든 장면과 소품을 찍어 블로그나 SNS에 올리지 않고, 해시태그를 붙이지 않습니다.

여자: 붙이지 않나요?

남자: 엽서 한 장 부치지 않습니다. 그조차 당신에겐 힘에 부칩니다. 당신은 피로해 보입니다. 당신의 피로는 이 도시에 줄곧 30년을 산 현지인이나, 오직 생계를 위해서 이 도시로 옮겨온 이민자들의 그것을 닮았습니다. 하지만 당신도

석 달 전 처음 며칠은 저들처럼 두 다리와 두 손, 두 눈을 쉬지 않고 놀리며 루브르에 가고, 생선 요리를 먹고, 기념품을 샀을 것입니다.

　여자: 어떤…… 기념품을?

　남자: 아마도, 오르골을.

　여자: 이 도시의 북쪽 언덕에 살던 음악가의 선율이 담긴 오르골?

　남자: 살 땐 몰랐지만, 나중에 알고 보니 장송곡이었던.

　여자: 그것은 지금 어디 있나요?

　남자: 그의 가방 속에.

　여자: 그의 가방은 어디 있나요?

　남자: 당신이 아무리 관광을 해도 관광객일 수 없는 바로 그 도시에.

　여자: 그 도시로, 돌아갔나요?

　남자: 그 도시에서, 돌아가고 있습니다.

　여자: 그 도시에서, 장송곡은 울려 퍼지고 있나요?

　남자: 그 도시가 아니라도, 장송곡은 울려 퍼지고 있습니다.

　여자: ……그랬나요?

그리고 1분 전.

여자: 그 도시가 아니라도, 장송곡은 울려 퍼지고 있어요.

남자: 그렇습니다. 당신은 그렇게 말했습니다. 북쪽 언덕 근처의 작은 호텔에서.

여자: 그러자, 그는……

남자: 그: (황급히 눈길을 피하며) 그런가.

여자: ……

남자: 그: (중얼거리듯) 아무래도 그 사형수에 너무 심취한 것 같은데.

여자: ……

남자: 그렇습니다. 당신은 그렇게 입을 다물었습니다.

여자: ……

남자: 그렇습니다. 당신은 그렇게 줄곧 침묵하며, 여행 첫날부터 이 도시의 전역에서 목격한 사형수의 얼굴을 떠올렸습니다.

여자: ……

남자: 그렇습니다. 당신은 바로 그렇게……

여자: (발작하듯) 당신은 그를 아나요?

남자: ……

여자: 그를 알아요?

남자: 그렇습니다. 당신은 바로 그렇게 발작하듯 그에게 되물었습니다 그는 좀 놀랐습니다. 그런 어둡고 거칠고 날

카로운, 이해할 수 없는 한밤의 비명 같은 목소리는 그녀에게서 그가 처음 들어본 것이었고 아주 오래전 작은 소년이었을 적 까마득한 어느 밤 안방의 방문 사이로 목격했던 낯선 여자를 떠올리게 하여 완전히 망각하고 있던 당시의 두려움과 불안에 돌이킬 수 없이 사로잡혀버렸기 때문입니다.

　1분 후.

　여자: 그러니까 이 도시를 여행하는 처음 며칠, 내가 아직 관광하는 관광객이었을 적, 도시의 곳곳에서 수시로 그 사형수의 얼굴을 보았다는 거군요.
　남자: 그렇습니다. 실은 당신이 아직 관광하지 않는 관광객도 아니고, 관광하는 관광객도 아니기 수개월 전부터 그 얼굴은 이 도시를 장악하는 하나의 강력한 이미지였습니다.
　여자: 정치적 성향을 불문하고 모든 신문의 1면을 차지하였나요?
　남자: 일간지, 주간지, 월간지 할 것 없이 그 얼굴로 도배된 이 도시의 신문 가판대는 마치 워홀의 거대한 실크스크린 같았습니다. 치명적으로 아름다운 메릴린의 얼굴이 아닌, 곧 치명할 사내의 늙고 지친 얼굴이 반복적으로 인쇄되어 있다는 것만 다를 뿐……

여자: 카페나 호텔 로비, 기차역이나 지하철역의 승강장, 들어가는 곳마다 티브이 화면에선 그 얼굴이 흘러나왔고요?

남자: 어딜 들어가지 않아도 네모반듯한 흰 여백이 있는 곳이라면 그곳엔 그 얼굴이, 특유의 절망과 비참의 눈빛을 반짝이고 있었습니다. 거리의 쇼윈도, 대로의 전광판, 옥외 광고판 어디든……

여자: 어디에서든……

남자: 당신은 보았습니다.

여자: 긴 도피 생활과 체포 후 급격한 노화로 인한 그 처참한 몰골, 마치 두려움에 잠식당하듯 수염에 잠식당한 원시적인 털북숭이 얼굴에, 나는 사로잡혔나요?

남자: 그렇지 않습니다.

여자: 그가 불과 몇 년 전만 해도 가장 푹신한 의자에서 가장 두꺼운 시가를 물고 있던 정치인이었다는 사실, 제1의 권력자에서 사형수로의 잔혹한 추락에 그 자신이 가장 적극적인 부역자였다는 사실에, 나는 동요하였나요?

남자: 그렇지 않습니다.

여자: 육십대 중반의 나이에 벼랑 끝에 선 사내의 모습에 나는 혐오와 연민을 느끼는 동시에 가까운 누군가를 떠올렸나요?

남자: 그렇지 않습니다. 당신은 사로잡히지도, 동요하지도, 가까운 누군가를 떠올리지도 않았습니다.

여자: 그런가요?

남자: 그냥 보았습니다. 거리의 신문 가판대에서, 대로의 전광판에서, 들어가는 카페나 호텔 로비의 티브이에서 나오는 얼굴을 그냥 보았습니다. 보이니까, 보았습니다. 안 보이면, 안 보았습니다.

여자: 그런데 자꾸 보이니까, 자꾸 보았나요?

남자: 그렇습니다. 보이는 걸 보는 그 눈은 여느 관광객의 눈과 다를 것 없이 산발적이고 단발적이며, 무심하고 무고했습니다.

여자: 어떤 기억도 갖기 이전, 신생아의 눈이었나요?

남자: 어떤 원한도 갖기 직전, 신생아의 눈이었습니다.

그로부터 1분 전.

여자: 직전, 직전이었군요.

남자: 그리고 곧장 직후, 직후가 되었습니다.

여자: 낡고 너덜너덜해졌나요?

남자: 병들고, 오직 원한만을 품게 되었습니다.

여자: 직전에서 직후로, 언제나 직전에서 직후로, 시간은

끊어지나요?

　남자: 종종 절단 납니다.

　여자: 원한 자체를 모르는 신생아의 눈에서 오직 원한만
을 품은 사형수의 눈으로, 그사이 그 눈이 무엇을 보았기에?

　남자: 사형수의 눈.

　여자: 사형수의 눈 그 자체?

　남자: 사형 직전 사형수의 눈.

　여자: 여행 사흘째, 바로 이 카페에서?

　남자: 사거리 한편의 이 카페, 당신이 앉은 바로 그 자리
에서.

　여자: 몸이 녹아내릴 것같이 달콤한 샹송이 흘러나오던
카페에서? 처형의 생중계를?

　남자: 교수대 입실까지는 실사로, 교수대 내부는 3D 입체
시뮬레이션으로 재현되었던 생중계를. 마주 앉은 그의 어깨
너머로.

　여자: 3D 온라인 게임 영상과 다를 것 없던 그 시뮬레이
션을? 실제 소요 시간과 정확하게 맞춰졌다는?

　남자: 교수대 발판에 닿는 발걸음 수까지 계산됐으며, 시
뮬레이션 제작팀의 한 명은 월트디즈니에서 어렵게 섭외했
다는 그 생중계를, 그의 어깨 너머로, 보이니까 보았습니다.
그루서는, 티브이가 등 뒤에 위치했기 때문에, 안 보이니까

안 보았습니다.

여자: 포승된 채 더디게 끌려가다 발판 위에 올라서자 급작스럽게 클로즈업되는? 어찌나 근접했는지 픽셀이 다 보일 지경인? 그건 사형수의 얽은 피부 같기도 해서, 정말 인간적이었다는? 그 어떤 실사보다 소름 끼치게 인간적인?

남자: 그로서는, 마주 앉은 당신만이 보이니까, 당신만을 보았습니다. 당신만을 바라보는 그의 얼굴은, 눈물겹게 아름다우니까, 눈물겹게 아름다운 얼굴을 당신은 동시에 마주하고 있었습니다.

여자: 눈물 나게 아름다운 젊은 연인의 얼굴과 소름 끼치게 참담한 죽음 직전의 얼굴을 동시에 마주하는?

남자: 피사체, 사체,

여자: 교차하는?

남자: 사체, 피사체,

여자: 미친 듯이 교차하는?

남자: 사체, 피, 사체,

여자: 하나로 뭉뚱그려지는?

남자: 사체, 사체,

여자: 뭉뚱그려 소용돌이치는? 휘몰아치는?

남자: 시뮬레이션, 시뮬레이션,

여자: 그리고 모든 직전의 직후,

남자: 목이 떨어져 나가기 직후의 직전,

여자: 눈이 마주치는? 사체의 영혼이 입안으로 파고드는 것 같은?

남자: *EXECUTED, EXECUTED.*

여자: 헤드라인 체의 붉은 글씨가 완고히 깜박거렸기 때문에, 나는 돌이킬 수 없는 것을 돌이킬 수 있을 거라는 희망을 일찌감치 교수형에 처해버렸어요.

(침묵)

여자: 그런가요?

남자: ……그렇습니다.

그들로부터 1만 킬로미터 전, 검은 옷을 입은 사람들의 행렬이 지나가기 시작한다.

눈에 보이지 않는 가랑비와도 같이 거의 들리지 않는 소리로 흐느끼는 그들. 그것은 행렬이라고 부르기 민망할 정도로 수가 적고 듬성듬성하지만, 창문은 세상에서 가장 어두운 화면이 된다.

여자, 급하게 늙은 웨이터를 찾는다.

남자: 당신은 봅니다. 창밖을 봅니다. 보이는 것을 볼 때도 당신은 창밖을 봅니다. 보이는 것을 보는 당신의 눈은 창밖을 보는 눈과 다르지 않습니다. 새카만 창밖을…… 당신

은 봅니다. 당신의 창밖은 언제나 새카맙니다. 아무것도 보이지 않습니다. 당신은 아무것도 보지 못합니다.

여자: ……

남자: 당신은 봅니다. 그러나 아무것도 보지 못합니다.

여자: ……

남자: 아무것도.

여자: ……

남자: 당신은 이렇게 대답할 수도 있을 것입니다. '나는 모든 걸 다 보았어요, 모든 것을.'

여자: ……

남자: 그러나 당신은 아무것도 보지 못합니다. 아무것도.

여자: ……

남자: 당신: '시계탑, 시계탑을 보았어요. 확실해요. 창밖에 시계탑이 있어요. 부식된 시침과 분침은 끝도 없이 돌며 시간을 잠식하고, 모든 관광객들은 그 앞에서 찰칵찰칵 명랑히 자신을 잠식당해요. 어떻게 그 시계탑을 보지 못할 수가 있어요.'

여자: ……

남자: 그러나 당신은 시계탑을 보지 못합니다. 당신은 아무것도 보지 못합니다.

여자: ……

남자: 당신: '회전목마, 나는 회전목마를 보았어요. 확실해요. 시계탑 맞은편 블록엔 회전목마가 있고, 칠이 벗겨져 나병을 앓는 듯한 백마들은 같은 자리를 끝도 없이 회전해요. 모국에서 매일 오르는 대중교통과 다름없는 그것을, 관광객들은 과장된 돈을 지불하고 즐거이 올라 목마의 목을 바짝 끌어안고 동영상을 찍어요. 백마의 칠이 더 벗겨지며 아홉 번 회전을 완주할 때까지 단 한순간도 고개를 들지 않는 이들도 있어요. 어떻게 그 회전목마를 보지 못할 수가 있어요.'*

여자: ……

남자: 그러나 당신은 회전목마를 보지 못합니다. 시계탑과 회전목마 사이 어딘가 늘 존재하는 맥도날드 역시.

여자: ……

남자: 불안한 눈으로 메뉴판을 바라보는 사람들, 버거를 먹으면서도 메뉴판에서 떨어지지 못하는 가장 인내심 깊은 시선들, 그사이 뚝뚝 떨어지는 붉은 케첩, 셔츠에 흘러내리는 아이스크림, 운동화 밑창에 짓뭉개지는 프렌치프라이 조각, 어느 것도, 그 어떤 세계적인 풍경도,

여자: ……

---

* 미크그리트 뒤라스, 『치료시마 내 사랑』, 이용주 옮김, 동문선, 2005.

남자: 당신은 보지 못합니다. 아무것도 보지 못하는 당신을 나는 봅니다.

여자: ……

남자: 아무것도 보지 못하는 당신만을 나는 봅니다.

여자: ……

남자: 당신의 텅 빈 동공을.

여자: ……

남자: 때론 그 이면까지 파고들어 그것이 주시하는 것까지 주시하는, 주시하기를 피하면서도 실은 쉼 없이 주시하고 있는 자신까지 쉼 없이 주시해야 하는, 고질적인 나의 시선을 아무도 흘깃거리지 않습니다. 나의 시선은 완전히 소외되어 있습니다.

여자: ……

남자: 아주 오래전, 아주 작은 소년이었던 어느 밤부터……

여자: ……

남자: 한밤의 비명 같던 순간, 이해할 수 없는……

여자: ……

남자: 이해할 수 없는 것을 이해할 수 있을 거라는 희망을 일찌감치 교수형에 처해버린……

여자: ……

남자: 그러나 땅에 떨어진 머리는 이해할 수 없는 것을 향

한 눈꺼풀을 닫지 못하는……

　여자: ……

　남자: 평생토록…… 거의 영원히……

　여자: ……

　남자: ……

　여자: ……

　행렬은 길다. 화면은 밝아지지 않는다.

　여전히 가랑비와도 같은 흐느낌이 거의 들리지 않게 낮게 깔리는 가운데, 거센 항의인지 간절한 애원인지 구분할 수 없는 말들이 불쑥불쑥 여기저기서 치밀어 오른다.

　남자: 눈이 시립니다. 표면이 말할 수 없이 차갑고…… 거의 얼어버린 듯합니다.

　여자: ……

　남자: 혹은 어둡고 푸른 물 안에 반쯤 잠긴 듯합니다. 그날부터 그 느낌은 지속되었습니다. 그것은 소외의 느낌입니다. 나에게 모국어를 가르쳐준 여자로부터 소외된, 소외받은 얼굴과 소외받은 혀, 소외받은 눈동자를 나는 가지고 있습니다. 나의 모국어는 언제까지고 아무런 연고도 없는 낯선 관광지에서 홀로 흘러나올 것입니다.

여자: ……

남자: 그녀는, 방문 사이로 스며 들어오는 나의 시선을 알아차리지 못했습니다.

여자: ……

남자: 알아차렸다 했더라도 달리 어쩔 도리는 없었을 겁니다. 검은 점…… 그녀의 검은 점은 이미 사방의 암흑으로 온통 번져버렸기 때문에.

여자: ……

남자: 방 전체가, 집 전체…… 아니, 우리의 도시 전체가 온통 암흑으로 번져버리고 말았던, 바로 그 순간이었습니다.

여자: ……

남자: 무슨 일이 있었던 겁니까. 나는 그것을 평생 이해하지 못했습니다. 그녀는 단지 거울 앞에 앉아 있었을 뿐이었습니다. 그녀가 거울과 마주 앉아 있는 것은 흔한 일이었습니다. 그리고 당연한 일이었습니다. 어리고 성급한 작은 소년도 눈여겨보게 되는 그런 아름다움을 그녀는 가지고 있어서, 누군가 아름다움을 가졌다면 마땅히 그것과 충분히 대면해야 한다고 — 왜냐하면 타인들은 보려고만 하면 쉽게 볼 수 있으니까 — 소년은 더 작은 소년이던 때부터 이미 그렇게 생각하고 있었던 것입니다.

여자: ……

남자: 그녀는 자신의 아름다움을 알까, 알았으면 좋겠다, 알아야만 한다, 당시 소년의 머릿속에 뒹굴거리던 작은 상념들이 문득 생생한 꿈의 감각처럼 떠오릅니다. 그러길 바랐습니다. 왜냐하면 그녀와 함께 방을 쓰는 남자는, 그것을 모르는 것 같았기 때문에. 전혀, 그녀의 아름다움을 모르고, 그녀를 모르고, 아무것도 모르고, 아는 것이라곤 과격한 행동과 욕설, 그것이 전부인 것 같았기 때문에. 그래서 그녀가 거울을 마주하고 아름다움을 주시하는 동안 소년 자신이 대단히 사라질지라도, 사라진 느낌은 소외의 느낌보다는 덜 비릿하고 덜 쓰며 오히려 편안하기도 하여서, 자신의 피사체에 취한 듯한 그녀의 눈, 조금은 넋 나간 듯 멍한 눈, 그 눈을 오래오래 바라보며 저 눈은 자신의 눈을 볼까, 반쯤 벌어진 장밋빛 입술을 볼까, 노을이 그대로 물든 것 같은 머리칼, 그것을 볼까, 그런데 보면 볼수록 더 아름다워지고 더 멀어지는 것 같은 저 눈과 저 입술과 저 머리칼은 가짜가 아닐까, 저 여자는 가짜가 아닐까, 가짜같이 아름다운 가짜 여자가 아닐까, 유령이 아닐까, 따위를 약간 울고 싶은 마음으로 상상하고 또 상상하곤 했던 것입니다.

여자: ……

남자: 그날도, 알 수 없는 이유로 잠에서 깨어 불 꺼진 집을 가로지르다 긴 그림자처럼 빛이 새어 나오는 방문 사이

로 아름다움과 마주한 그녀를 발견했을 때에도 나는 한동안 숨죽인 채 그런 것을 상상할 수도 있었을 것이고 실제로 빛과 어둠의 경계에, 몸은 어둠에 포함되나 눈은 빛을 집어삼키는 바로 그 지점에 능숙하게 발을 멈췄던 것이며 모든 일은 그 순간, 발이 멈춰지고 그녀가 피사체가 되던 순간, 그리고 그녀의 피사체의 눈 코 입이 뭉개지던 순간, 곧이어 나의 피사체가 흉측하게 일그러지고 과격하게 부풀어 오르던 순간, 급격히 팽팽해진 덩어리가 터지고 갈기갈기 찢어지며 들끓던 구더기가 뚝뚝 떨어지던 순간, 이어 그녀의 피사체가 스스로를 처형하는 듯한 비명을 지르고 나의 피사체가 처형당하여 사체의 영혼이 입 밖으로 빠져나오는 것 같던 순간,

여자: ……

남자: 그녀가 텅 비어지던 순간,

여자: ……

남자: 결코 회복할 수 없는 순간, 무엇도 보지 못하게 된 순간, 그녀가 보는 무엇이든 새카만 창문이 되는 순간, 발작의 순간,

여자: ……

남자: 그 순간의 눈을 당신에게서 보았던 것입니다.

여자: ……

남자: 어느 날, 내가 매일 오후 들르는 이 카페에서 우연히.

여자: ……

행렬은 끝이 없다. 화면은 결코 밝아지지 않는다.

분노, 혹은 고통의 말들, 계속되고 있지만 점점 사그라들어 이제 그것은 고요한 읊조림처럼 들린다. 장송곡이라 믿기 어려운 명랑한 음색의 단조로운 장송곡 멜로디, 어디선가 들려온다.

남자: 어떻게 말할 수 있을까요. 어떻게 말할 수 있을까 고민하며 나는 말하고 있습니다. 아니, 우리는 말하고 있습니다. 그 순간을 말하기 위해, 저편의 당신도 우리의 대화에 동참하고 있습니다. 당신이 동참하고 있다는 걸 나는 압니다. 누구도 말하지 않아도 알고 있습니다. 순간을 말하기 위해서는 숨을 많이 쉬어야 합니다. 혹은, 순간을 말하기 위해서는 숨을 많이 쉬어야 하나요? 물어주십시오. 나는 그렇다고, 혹은 그렇지 않다고 대답할 것입니다. 혹은 완전히 다른 대답을 할 수도 있을 겁니다. 우리는 지금 같은 공간에서 숨을 쉬고 있습니다, 압도적으로 오직 그 일만을 합니다,와 같은. 그러나 꼭 또 그렇지만은 않을 겁니다. 나는 종종 숨을 멎고 위스키를 들이켜고, 당신은 종종 숨도 쉬지 않고 뭔가를 휘갈깁니다. 병자처럼 당신이 당신만의 소외된 모국어로

휘갈기는 그 글은 그 순간에 대한 것입니까? 당신의 손 역시 이해할 수 없는 순간을 향한 글쓰기를 멈추지 못하는 것입니까?

여자: ……

남자: 멈추지 못하는 까닭은 한 번도 끝마친 적 없기 때문에, 끝마칠 수 없기 때문에, 그 순간은 당신의 동공처럼 텅 비어버린 공동이기 때문이라고, 이야기해도 되겠습니까?

여자: ……

남자: 직전과 직후, 오직 그것만이 존재하기 때문이라고?

여자: ……

남자: 직전에서 직후로, 언제나 직전에서 직후로, 시간이 절단 났기 때문이라고?

여자: ……

남자: 그런가요? 물어주십시오. 그렇습니다. 대답하겠습니다.

여자: ……

남자: 그런가요? 다시 한번 물어주십시오. 그렇습니다. 오직 직전과 직후만이 말해질 수 있을 뿐입니다. 대답하겠습니다.

여자: ……

직전: 그 구석 테이블에서 연인과 마주 앉은 당신은 내일

이면 떠날 관광객 같았습니다. 카페에선 당신들을 위해 몸이 녹아내릴 것같이 달콤한 샹송을 흘려보내고 있었고…… 티브이에선 먼 이국 독재자의 처형 소식이 들려오고 있었지만 누구도 신경 쓰지 않는 가운데…… 당신들의 언어를 알지 못했지만 어쩐지 알아들을 수 있었던 어둡고, 거칠고, 날카로운 목소리……

여자: (발작하며) 당신은 나를 알아요?

남자: ……

여자: 나는 알아요?

직후: 당신들 중 하나는 관광객을 그만두었고, 나머지 하나는 그것을 영원히 지속했습니다. 관광이란 것이 그럴 수 있는 성격의 활동인지는 잘 모르겠지만 적어도 당신의 모국어는, 언제까지고 아무런 연고도 없는 낯선 관광지에서 홀로 흘러나오도록, 그리하여 당신의 글쓰기가 바닥에 떨어지고 테이블 사이를 구르다 발길에 차여 문밖으로 내팽개쳐진 뒤 바람을 타고 거리를 돌고 돈 끝에 막다른 골목의 무채색 벽면 아래에서 낙엽과 함께 뒹굴어도 아무도 줍지 않고 아무도 읽지 않으며 읽는다 해도 아무도 이해할 수 없도록 처형당하고 말았습니다.

여자: ……

남자: 처형당한 우리의 모국어는 평생토록, 거의 영원히,

입을 닫지 못할 것입니다.

흐느낌, 읊조림, 읊조림 사이사이의 침묵, 모두 잦아든 가운데 장송곡 멜로디만이 들려온다. 그 도시가 아니라도, 장송곡은 울려 퍼지고 있다. 모든 이의 모국에서 울려 퍼지는 것이 장송곡이고, 어느 도시의 북쪽 언덕에나 장송곡을 작곡하는 음악가가 있다.

여자: 우리는 어떻게 침묵할 수 있을까요.
남자: 어떻게 침묵할 수 있을까 고민하지 않아도 우리는 이미 돌덩이처럼 침묵하고 있습니다.
여자: 우리는 지금 서로의 직전에 있나요.
남자: 우리는 지금……

여전히 막이 오르기 직전이다. 그리고 막이 내린 직후다.

식탁 아래에서

(한 여자가 식탁 아래 어둠 속 웅크린 채 돌덩이처럼 부동하고 있다.)

엄마, 뭐 하세요?

……

또 머리카락을 주우세요?

……

잘…… 안 집히는 거죠? 너무 가늘고 얇아서…… 제 눈엔 보이지도 않아요……

……

아아, 엄마…… 발이 얼음장이에요. 제가 좀 도와드릴……

(공기를 벨 듯 앙칼진 음성으로) 안 돼!

침묵

소리를 질러 미안해 소년아. 지금 나는 생각을 하고 있었
거든. 아니, 정확히 말하자면 어떤 이름을 생각해내고 있었
어. 도저히 기억나지 않는 이름이 하나 있거든. 내가 무척
사랑했던 사람의 이름이야. 그런데 도저히 생각이 나지 않
는 거야. 몇 날 며칠 잠도 안 자고 오로지 그 이름만 생각했
는데 어째서 입안은 캄캄할 뿐인지…… 아아, 막막하더라.
막막하고 또 기이하더라. 이름의 느낌은 알겠는데, 어떤 발
음인지 혀의 기억은 분명한데…… 비읍과 치읓의 연음, 그
리고 받침이 없었다는 생생한 감각, 그 감각을 실증으로 단
호히 발음해보려는 순간, 이름이 발음되려고 혀가 떠오르는
즉시,

가

라

앉

아 혀가,

가

라

앉

아 허무하게,

가

라

앉

아 허무하게 폭삭, 찍소리도 내지 못하고. 혀의 불가능. 불가능의 혀. 그런 혀로는 아무것도 해볼 수가 없지. 나는 혀에게 완전히 실망한 거야. 그래서 손을 쓰고 있어. 정확히 말하자면 머리카락을 쓰는 거지. 머리카락으로 이름을 그려보고 있어. 비읍과 치읓의 연음, 그리고 받침이 없었다는 생생한 감각을 머리카락으로 형상화하는 중이야. 될 거같아. 떨어진 머리카락들이 많으니까. 그것들은 언제나 많았지. 멀리 날아간 줄 알았던 그것들은 찍소리도 없이 방바닥을 온통 점유하고 있었어. 그것들에 채어 넘어진 적이 한두 번이 아니었잖아. 그것들을 말끔히 주워 크리넥스에 모아 버리면 더는 넘어질 일이 없을 거라고 40년을 확신했는데…… 그래, 미처 줍지 못한 머리카락이 있었던 거야. 그게 이렇게 내 발목을 잡을 줄 누가 알았겠어? 그 이름을 코앞에 두고 혀가 넘어져 쓰러져 뭉개질 거라고? 하지만 될 거야. 혀는 일어설 거야. 어느 날 문득 아무렇지 않게 일어서 입안 가득 그의 이름을 부를 거야. 떨어진 머리카락들이 많

으니까. 그것들은 언제나 많았지. 진작에 머리카락을 썼어
야 했는데…… 그런데, 나를 보며 눈물을 흘리고 있는 너는
누구지?

초와 그녀

초를 보았어.

초…… 광장에서?

아니, 초를 보았어.

초…… 자주 가는 술집에서?

아니, 초를 보았어. 방에서. 그 방에 사는 10년 동안. 10년
의 새벽마다.

새벽마다…… 초를?

보았어. 주먹만 한 초에 코를 대고 초를, 날이 샐 때까지
바라보며 초 안에 사는 여자를 발견했어. 초가 켜지면 불꽃
아래로 생기는 우묵한 파라핀 호수에 사는 여자였어. 초가
켜져 호수가 녹으면 호수 속을 자유로이 유영하고, 초가 꺼

져 호수가 굳으면 그대로 굳어버리는 여자였어.

초 안에, 여자가……

살고 있었어. 초 안의 여자는 초가 켜지기를 바랄까, 꺼지기를 바랄까, 그런 것을 궁금해하며 초를 보았어.

10년 동안……

초와 그녀를 보았어.

하지만 뜨거울 텐데, 파라핀 호수는. 촛불만큼 뜨거울 텐데. 살갗이 녹아버릴 텐데.

맞아, 뜨거워. 뜨거움 그 자체. 앗, 뜨거. 그것이 여자의 첫마디였어. 초 안으로 들어간 첫날.

첫날…… 첫마디.

그리고 첫날의 마지막 마디였어. 첫마디를 내뱉고 여자는 곧장 기절해버렸던 거야. 상상조차 할 수 없었던 뜨거움에 놀라.

파라핀 호수 속에서? 호수의 밑바닥 깊이 가라앉았어?

밑바닥은 그렇게 깊지는 않았어. 여자가 바닥에 발을 대고 곧게 서서 한 번 점프를 한다면 수면 위로 빼꼼히 얼굴을 내밀 수 있는 높이가, 호수의 깊이였어.

아무튼 그 뜨거운 호수 속에서 기절을 한다면, 그대로 영영 깨어나지 않을 수도 있을 텐데.

이대로 영영 깨어나지 않는 것은 아닐까, 초도 촛불을 일렁이며 그렇게 생각했어.

촛불을 일렁이며…… 초가.

어느 새벽 불쑥 자기 안으로 들어온 여자에 대한 놀람과 불쾌감, 걱정과 짜증이 뒤섞인 생각이었어. 초가 켜져 호수가 녹아도 여자가 꿈쩍도 않으니까, 이대로 저 여자를 품고 있어야 하는 건 아닐까, 시간이 흐르면 여자의 분해된 물질들이 파라핀에 녹아들 텐데, 녹아들어 나와 한 몸이 될 텐데.

초는 많은 생각을 했구나. 촛불이 불안하게 흔들렸겠구나.

불안하게 흔들리던 사흘이, 마치 3년 같았어.

초에게?

아니, 나에게. 부연 호수의 밑바닥에 축 늘어진 여자의 앙상한 몸뚱이를, 마치 3년 동안 바라보고 있는 것 같았어. 깨어나야 할까 깨어나도 좋을까 깨어나면 뭐가 다를까, 가장 기본적인 그 문제를 고민하는 동안, 여자의 삼년상을 다 치러낸 것 같았어.

그러나 다행히 깨어났구나, 여자는. 3년 만에. 아니, 사흘 만에.

깨어나면 뭐가 다를까, 그것은 깨어나기 전에는 영영 알수 없기 때문에.

그래 깨어나니 뭐가 달랐니?

뜨거웠어. 여전히 뜨거움 그 자체였어. 앗, 뜨거. 깨어나자마자 이번에도 여자는 그 말을 내뱉었어. 하지만 기절하진 않았어. 기절 직전, 여자는 눈을 부릅떴어. 동공의 얇은 막이 강하게 쪼그라드는 것 같았어. 하지만 그럴 리 없다는 걸 여자는 알았어. 열 개의 손가락 끝 하얗고 동그란 면들이, 심약한 애늙은이 같은 발뒤꿈치가, 세상에서 가장 어둡고 가장 보드라운 겨드랑이 구석이, 활활 타오르는 불길 속에서 촛농처럼 뚝뚝 녹아내리는 것 같았지만 그럴 리 없다는 걸 여자는 기억해냈어.

그럴 리 없었던 적이 전에도 있었던 거니?

목욕탕.

응?

어릴 적 엄마를 따라 들어갔던, 부글부글 끓어오르던 그 열탕.

새하얀 김이 모락모락 끝없이 피어오르고, 수면 위 자욱한 안개 속으로 좀처럼 표정을 읽을 수 없는 노파들의 주글주글한 얼굴이, 마치 진경산수화 속 구름에 가려진 기암절벽들처럼 언뜻언뜻 드러나던?

맞아. 웃는 건지 우는 건지, 즐거운 건지 괴로운 건지, 산 건지 죽은 건지, 수수께끼를 풀기 위해서는 직접 들어가보는 수밖에 없던 그 깜깜한 물속에 처음 들어갔을 때를, 20년도 더 지난 그 고대의 감각을 기억해내고, 뜨거움으로 당황하여 부들부들 떨리는 혓바닥으로 그 기억해냈음을 내뱉어냈어.

너에게?

아니, 초에게.

초에게 말했어 여자가?

응, 하지만 초는 듣지 못했어. 그때 초는 깊은 잠에 빠져 있었어. 새벽이었어. 그 작은 방의 한쪽 구석을 어둡게 밝힌 채, 초는 거대한 잠의 밑바닥 깊이 가라앉아 있었어. 그러나 초가 깊은 잠에 빠져 있지 않았다 하더라도 그녀의 말을 듣지 못할 것이었는데, 왜냐하면 초는 그녀에 대해 조금도 알고 싶지 않았기 때문이었어. 털끝만치도, 끝끝내 알게 되지 않은 채 여자를 자신 안에서 내보내야 한다는 의지가, 반드시 그래야만 한다는 강한 저항의 힘이 초 자신도 짐작 못 할 광대한 무의식의 밑바닥에서 부글부글 끓어올랐지만 겉으로는 아직 미동 하나 없이 고요할 뿐이었어. 여자는 아무것도 모른 채 계속해서 기억을 꺼냈어. 기억이란 것은 한번 꺼내면 예상치 못한 곁가지를 따라 줄줄 연결되니까, 또한 그녀는 초 안에서 다른 할 일도 딱히 없었으니까, 마치 그러기 위해 들어온 듯이 줄줄 쉬지도 않고 기억을 꺼냈고 초 안은 그녀의 기억으로 점점 가득 찼어. 그러다 마침내, 초의 내부가 초의 기억이 아닌 그녀의 기억으로 점령되어버린 순간 호수 밑바닥에서 알 수 없는 기포가 솟아오르고 불꽃 끝이 파르르 치를 떨었어. 그러나 그녀는 자신의 기억에 취해 알지 못했고 기억하기를 멈추지 못했으므로 불꽃은 기묘하게 흔들거리다, 곧 춤을 추기 시작했어. 빠른 속도로, 불꽃의 춤은 크고 거칠어졌고, 거의 격렬해졌고…… 부글부글 끓던 호수는 어느새 출렁거렸고…… 마치 폭풍 속에라도 들어온 듯이, 불꽃은 거의 미친 춤을 추었고…… 그러나 바람은 전혀 불지 않았고…… 작은 방은 폐쇄되었으므로 그럴 수가 없었고…… 동시에 기억은 끝없이 떠올라…… 기억할 필요가 없는 가장 시퍼런 빛깔의 기억까지, 요동쳤고…… 그러나 꺼지지는 않는…… 결코 꺼지지는 않으면서 무섭게 발광하는…… 시퍼렇게 발광하는 불꽃…… 그 끈질긴 작은 불꽃을 단지 바라보기만…… 꼼짝없이 바라보기만 할 뿐이었어.

네가?

아니…… 초 자신이.

초 자신이?

응, 초 자신이 초 자신을.

초와 그녀

나가세요.

……

나가세요.

……

깨어난 거 다 알아요.

……

제 안에서 나가주세요.

……조금 더 위압적으로, 다시.

나가요.

......

나가라고요.

......

내 말 듣고 있는 거 다 알아.

......

굳어 있는 척하지 마, 당장……

그렇다고 말을 놓진 말고요, 다시.

나가세요.

......

나가고 싶죠?

......

나가고 싶은 거 다 알아요. 여긴 할 것도 없고.

......

할 것은커녕 무엇도 없는 텅 빈, 제 안에서 하루빨리 나가는 게 서로에게 좋을 거예요.

뜨거움.

네?

뜨거움이 있죠. 온몸이 불에 타는 것 같은, 뇌가 녹아내릴 것 같은, 손톱과 발톱이 빠져버릴 것 같은 뜨거움이 당신 안을, 나의 외부를, 빈틈없이 채우고 있죠.

그건 비유만은 아닐 텐데. 한시라도 빨리 나가는 게 손톱 하나라도 건지는 일일 텐데.

반말은 하지 말라니까요, 다시.

뭘 자꾸 다시 해요?

다시 하는 걸 다시 하죠.

왜 그래야 하는데요?

다시 하는 것 말고 별다른 도리가 있나요?

당신이 나가는 도리가 있죠.

당신도 나갈 수 있나요? '나가다'는 당신에게 가능한 동사인가요?

⋯⋯

'들어가다'는? '머물다' '빙빙 돌다' '유영하다' '눕다' '앉다' '웅크리다' '헤엄치다' '헤엄치지 않다'는?

날 놀리려는 건가요? 내게 가능한 동사는 단 두 가지밖에 없어요.

잘 알죠.

⋯⋯

당신은 '굳는다', 당신은 '녹는다'.

......

여름에 당신은 '느리게 굳는다' '빠르게 녹는다'.

......

겨울에, 초가 켜지면 당신은 '느리게 녹는다', 초가 꺼지면 '빠르게 굳는다'.

......

'켜다' '끄다'는 어떤가요?

그건 수동으로만 가능하죠.

그 동사를 능동으로 소유한 이는 누구인가요?

누구나.

누구나?

누구든지. 익명. 우리를 모르고 우리도 모르는 익명들.

그러니까 아무나 초를 켜 당신을 녹게 하고, 초를 꺼 당신을 굳게 하는 건가요?

그래요.

당신이 굳으면 따라서 내가 굳고, 당신이 녹으면 나는 유영을 시작하고, 빙빙 돌고, 웅크리고, 앉고, 눕고, 헤엄치고, 헤엄치지 않는 기타 등등의 내게 가능한 동사들은 아무나의 손에 달려 있는 건가요?

그래요.

그런가요?

당신도 잘 알고 있지 않나요. 당신도 그 아무나였잖아요. 당신이 초를 켜면 초는 켜졌고, 당신이 초를 끄면 초는 꺼졌어요.

맞아요. 그런데 그 안에, 초가 켜지면 불꽃 아래로 우묵하게 생성되는 파라핀 호수 안에 들어올 수 있을 줄은 몰랐어요.

모르죠.

……

그런 건 누구나 모르죠.

……

들어와봐야 아는 거니까.

들어왔던 사람이 전에도 있었나요?

몇 있었죠. 남자 하나. 소년 하나. 소녀 하나.

그중 소년과 소녀는 같이 들어왔었군요. 불 보듯 뻔히.

맞아요. 어느 날 호기심에, 즉흥적으로 들어왔다가 둘 모두 온몸에 화상만 입고 이틀 만에 도망치듯 빠져나갔어요.

그길로 그들은 헤어졌겠군요. 당신 보듯 뻔히.

그래요. 온몸이 타는 듯한 고통은, 머리가 지끈지끈 달아오르고 숨통이 조이고 살갗이 찢기듯이 일그러지는 신체의 고통은 너무 개인만의 것이니까. 상대의 고통을 돌보아주기는커녕 각자의 고통을 해결하는 데 급급하고 예민했어요.

상대의 고통스러운 신음소리조차 참아주지 못할 정도로, 그들은 아주 어렸겠군요.

어렸어요. 하지만 인간의 나이상으론 성인의 경계를 넘은 지도 오래된 것이 분명했는데 그들의 어떤 지점이 그들을 영원히 소년, 소녀이게 하는 것 같았어요.

그런데 당신은 어떻게 알죠?

뭘요?

신체의 고통 말이에요. 공간 주제에.

뭐라고요?

아아, 미안해요. 그러니까 공간이…… 인간의 육체적 고통을 어떻게 알고 있죠?

공간도 나이가 들잖아요. 낡고, 바래고, 뼈대가 부러지고, 허물어지고…… 그에 따른 고통과 두려움은 인간의 그것과 다르지 않아요.

……그런가요?

남자는, 남자는 어땠나요? 그도 뜨거움을 참지 못하고 며칠 만에 빠져나갔나요?

아니요. 그는 뜨거움을 참아내는 데 아주 능숙했어요. 여기 들어오기 전에도 아주 오랫동안 뜨거움을 참아온 게 분명했어요. 뭐랄까, 훈련이 되어 보였다고 할까. 제 안에 들어온 다음 날부터 안정되게 벽을 보고 앉아 나뭇가지로 긁어 뭔가를 계속 썼어요. 둥글게 빙 돌아가며, 호수의 내벽이 글자로 가득 찰 때까지. 물론 씌어진 글자는 하룻밤만 지나면 뭉개지고 녹아 벽은 다시 빈 페이지가 되었죠. 그러면 그는 새롭게 썼어요. 입을 꾹 다물고 무려 한 달 동안.

그렇담 어쩌면 그는 당신 내부의 장기 투숙자가 되었을 수도 있었을 텐데?

그가 참지 못한 것은 전혀 다른 것이었어요.

그게 뭐죠?

굳어 있는 시간. 촛불이 꺼지고, 내가 굳게 됨과 동시에 자신이 굳어 있어야 하는 시간을 참지 못했어요. 아직도 기억나요. 딱딱하게 굳어버린 파라핀 속에서 움찔거리던 근육의 감각, 미칠 듯이 팔딱거리던 핏줄의 진동이.

내게서도 그런 진동이 느껴지나요?

전혀.

전혀,라고요?

당신은 죽어 있는 듯 편안해요. 사물처럼 고요해요. 아니, 물체처럼 무심해요. 마치 그 시간만을 기다려온 사람처럼.

나는 그 시간만을 기다려왔어요.

......

오직 그 시간만을 기다려왔어요. 굳어 있는 시간. 완전한 정지의 시간을.

정지.

그래요.

정지되다, 이것은 우리 둘 모두에게 가능한 동사죠.

그래요. 촛불이 꺼지면.

우리는 정지하죠. 정지는, 깊은 잠에 빠지는 것이 아니죠.

깊은 잠에 빠질 때도 있지만, 주로, 그냥 정지해요. 생각도 동작도 어떤 미약한 나아감이나 나아감의 가능성의 불가능성도 정지한 채, 정지한 대화를 나누죠.

지금처럼.

앞으로 나아가지 않을 거예요.

조금도.

나아가지 않을 겁니다 절대로.

걱정 마세요.

사건의 전개에 따른 내면의 변화도 없어요. 아아, 사건이라뇨. 조금도 기대하지 마세요.

걱정 마세요. 당신의 걱정도 정지시켜요.

그래요.

정지에 대해, 정지된 상태에 대해 우리는 온순한 동물이 됩니다. 천천히 고개를 숙여요. 몸을 납작 엎드려요. 어두운 구석으로 웅크려도 좋아요. 이대로 정지하는 겁니다. 나의 정지를 쓰다듬어주세요.

그래요.

하지만 당신은 초가 꺼지지 않아도, 정지해 있을 때가 있죠.

많아요.

주로, 그러고 있죠.

압도적으로, 그러고 있어요.

어쩌면 그러기 위해 들어온 거죠.

장담컨대, 그러기 위해 들어왔어요.

만족하나요?

만족해요.

뜨거움에 적응한 건가요?

뜨거움에 적응할 수는 없어요. 이 뜨거움은 하루하루가 새롭게 뜨거운, 뜨거움이에요. 조금씩 덜 뜨거워지는 것이 아니라 반대로 조금씩 더 누적되는, 빛 같은 뜨거움.

그런데 어떻게 뜨거움 속에 이토록 사물처럼 정지해 있는 건가요? 당신의 정지는 공간인 나의 정지보다도 굳건해요. 당신이 들어온 지 벌써 수개월이 지났어요. 지난겨울, 입고 있던 옷가지들을 모두 벗어 불꽃에 태우고 오들오들 떨며 들어온 당신은 찌는 듯한 무더위 속에도 여전히 제 안에 있네요. 여기 들어오기 전 당신도 혹시 날카로운 것으로 벽을 긁어 무언가를 계속 쓰던 사람인가요? 벽이 아니라면 바닥, 모서리, 가구의 옆면, 혹은 뒷면, 빈 페이지가 존재하는 어디든……

아니요. 난 그 단단한 면들을 애써 긁어내 흔적을 남기던 사람은 아니에요. 정말이지 난 그렇게 능동적으로 뜨거움을 인내하던 인간이 아니에요. 혹은 뜨거움 속에 능동적으로 머물던…… 뜨거움과 정면 승부 하던 인간이 아니랍니다. 난 그저…… 늘……

……

거기 있었어요.

거기?

그들 옆에요.

그들……요?

뜨거움으로 온몸이 녹아내리던 몸들. 뜨거움으로 심장이 터져버린 몸들. 손톱과 발톱과 머리칼이 모두 빠져버린 육체들. 물만 보면 익사하고 싶어 물가 근처에도 가지 못하는 다리들. 날카로운 것만 보면 베어버리고 싶어 꽁꽁 묶여버린 손목들. 뜨거움의 당사자들.

......

그들 고통의 옆 공간에 늘 내가 있었어요. 모든 공간에는 옆 공간이 있어요.

......

내가 이 뜨거움 속에 머무는 데 능숙하다면 아마도 옆 공간의 뜨거움을 상상하는 데 능숙하기 때문에⋯⋯

......

실제의 뜨거움은⋯⋯ 상상 속 뜨거움의 발치에도 미치지 못하기 때문에⋯⋯

......

숨소리, 호흡의 떨림까지 들리는 옆 공간이었어요. 불안과 불우의 냄새, 냄새의 전조까지 맡아지는 옆 공간. 그 감각들을 재료로 난 상상했어요. 마치 스크린에 달라붙은 관객들처럼 코가 찌그러질 때까지* 옆 공간에 착 달라붙은 채 상상의 나래를 펼쳤어요. 내 상상력의 색상은 잿빛이에요. 내 상상의 끝은 죽음이 아니에요. 죽음은 오히려 안도할 만

---

* 롤랑 바르트, 『이미지와 글쓰기』, 김인식 옮김, 세계사, 1993.

한 결말이랍니다.

······

정말이지 당신의 뜨거움은······ 아무것도 아니에요.

······

당신은 아무것도 아니랍니다.

······

아무것도.

그래요. 나는 아무것도 아니지만, 당신의 육체는 실제로 녹아내리고 있어요.

나도 잘 알죠. 그 사실을, 나보다 더 잘 알 수는 없죠.

오른쪽 발의 앞부분 절반이 무너져 내렸어요.

나머지 발의 붕괴도 시작되었답니다.

걷지 못하게 될 거예요. 지금이라도 당장 나가지 않으면.

살지 못하게 될 거예요. 조만간.

아직 늦지 않았어요. 나갈 수 있어요.

'나가다'는 동사는 '들어오다'를 취하는 순간 버렸어요. 저기 나무 아래 나뒹굴고 있는 쓰레기들처럼 완전히 내동댕이쳐버린 거예요.

나가서, 다시 주워요.

행동의 변화는 아무것도 없을 거예요. 당신도 잘 알잖아요. 우리는 정지했어요. 정지한 채, 세 번의 계절이 지나도록 정지한 대화를 나눠요.

그러니까…… 나가요.

……

나가세요.

……

실은 나가고 싶죠?

……

나가서 바람을 맞고, 온몸으로 바람을 맞으며 걷고, 머리를 휘날리며 성큼성큼 걸어 나가고, 오로지 앞으로, 지평선의 가장 험한 지점을 향해, 그러나 발길이 그쪽을 향하게 되더라도 사실은 그렇지 않음을 깨달으며 걷고, 그리고 그렇게 험하리라고 전혀 생각되지 않은 곳이 바로 그 지점임을 알게 되며, 나아가고, 오늘 나를 밀어내는 것이 내일이면 결국 나를 이끌게 되도록 고집스럽게, 고개를 숙인 채로, 굶주린 채로, 주위의 풍경의 기이함에도 별 중요성을 느끼지 못하면서 걷고, 걸어가고, 그러다 픽 쓰러져 잠이 들고……[*]
일어나 다시 처음부터 시작하고 싶은데 못 하는 거죠? 당신

---

[*] 미르그리트 뒤라스, 『부영사』, 이용숙 옮김, 정우사, 1985.

은 나가지 않는 게 아니라, 그러지 못하는 거죠?

좀더 생생하게, 좀더 잔혹하게, 좀더 매몰차게, 좀더 허황되게, 좀더 기이하게, 다시.

당신은 나가지 못해요. 그럴 수 없어요. 처음엔 나갈 수도 있었으나 그러지 않기를 선택한 거였겠지만 지금은 상황이 달라요. 이젠 선택의 여지가 없어요. 당신 몸뚱이가 붕괴되는 건 문제도 아니에요. 새끼발가락부터 시작된 무너짐이 발목을, 종아리를, 허벅지를…… 당신의 전체를 장악한다면 당신은 그토록 원하던 완전한 정지의 시간을 맞을 테니까. 오히려 당신은 그 순간을 두 팔 벌려 환영하겠죠. 아니, 두 팔은 이미 사라졌을 테니까 두 팔의 감각을 활짝 벌리며 영원히 정지되겠죠. 혹은 두 손의 감각, 두 다리의 감각, 또는 잔존감각의 감각을. 오, 정말이지 그런 건 문제도 아닙니다. 무너져 내린, 당신의 육체에서 떨어져 나와 부유하던 당신의 살덩어리가, 파라핀 호수의 벽에 들러붙어, 호수와 한 몸이 된다는 사실도.

당신과…… 내가?

그래요.

그러니까, 나와…… 공간이?

그래요.

나의 육체가…… 공간이 되나요?

공간의 육체가 됩니다.

그런가요?

그래요.

그렇군요.

그렇군요,라니. 끔찍하지도 않은가요?

혼자만 알았다면 끔찍할 텐데, 이렇게 우리 모두 인식한 상태에서 발화하고 있으니 뭐랄까…… 사과가 중력을 받아 땅에 떨어진다는 사실처럼 당연하게 여겨지네요. 나의 떨어져 나간 살덩이가 ……을 받아 당신의 육체에 들러붙는다. 여기서 ……는 뭘까요?

뭐라고요?

……는 어떤 힘일까요?

……

어떤 힘을 받아, 공간과 공간 안의 존재가 철썩 달라붙어 버릴까요?

……

…………

………………

……………………

……………………………………의 힘.

……

말줄임표 그 자체의 힘. 말줄임의 힘. 길고 긴 말줄임의 힘.

……

침묵의 힘. 끝없는 침묵의 힘. 고통에 중독된 자의 끝없는
침묵의 힘. 완전한 정지의 힘.

……

그리고 그 힘은 거기서 끝나지 않아요.

……

여기서부터는, 대화는 정지를 멈춥니다.

우리의 정지된 대화가…… 정지된다고요?

더 이상 모르는 대화입니다.

……

말해봐요. 당신이 모르는 것을. 한 번도 알았던 적 없던
것, 영원히 모를 것을. 이 지면을 통틀어, 끝끝내 모른 척할
것을.

말합니다. 나는 말합니다. 나는 그것을 말하겠습니다. 어
디 한번 말해보겠습니다. 모두가 말하지 않을 사실을, 얼굴
을 찌푸릴 사실…… 황급히 시선을 피하다 두 손으로 얼굴

을 감싸버릴 사실을, 내 잿빛 상상의 끝을 말해보겠습니다.
나의 살덩이가…… 완전히 정지하고자 하는 힘을 받아……
당신의 육체에 들러붙기만 한 것은 아니라고. 나의 살덩이
는…… 수중에 부유하던 당신의 파라핀 멍울과 뒤섞여……
뭉치고 덩어리져…… 뭔가를 만들어냈다고. 하얗고 부드러
운…… 몽글몽글한…… 몽글몽글 꿈틀거리는…… 아이. 그
래요, 아이. 공간과 내가 동시에 분만한…… 아이. 망상이지
요. 하지만 분명합니다. 이 파라핀 호수 속에서 태어난 아이
는…… 여기서만 살 수 있어요. 아이는 여기서만 숨 쉴 수
있어요. 여기서만 즐거워요. 여기서만 놀아…… 놀아요. 죽
을 때까지. 그리고 나는 아이를 두고 이곳을 떠날 수 없어
요. 이것 보세요. 말해졌습니다. 그 말이, 말해졌습니다. 말
해진 말. 그것은 마치 아이와 같아. 혹은 씌어진 책. 생겨버
린 덩어리. 아이. 내 아이.

더 이상…… 묘사하지 마세요.

네.

더 이상 설명하지 마세요.

네.

찾지 마세요.

네.

끝장을 보려는 마음으로 어떻게든 급히 거기에 관해서

이야기하고, 꼭 거기에 관해서 급히 생각한다는 것은 그것과 전혀 다른, 아주 동떨어진 사실에 대하여 얘기할 수 있는 기회를 막아버릴 거예요. 그렇죠?[*]

그래요. 그런데 무엇에 대해?

네?

우리와 가장 동떨어진 사실이란 무엇일까요?

가장 낯설고, 가장 모르고, 가장 새파란 것.

……

생각할수록 아연해지고, 도무지 받아들여지지 않아서 받아들이도록 애써야 하는 것. 가장 인공적인 노력을 기울여야 하고, 자신이 노력을 기울이며 살아가고 있다는 사실을 참아내야 하고, 수천 번 참아내며 그 사실을 생각한 끝에 결국 한 번도 생각한 적 없던 사실로 만들어낸 뒤, 처음부터 다시 시작해야 하는 것.

아이.

우리의 아이.

언제나 아이로 종료될 거예요. 우리의 대화는.

언제나 그랬듯이.

언제나 그랬던 것을 우리는 지속하고 있는 거죠. 이 모든

---

[*] 마르그리트 뒤라스, 『부영사』.

대화는 우리에게 꼭 맞는 옷처럼 우리와 어울리게 된 거죠.

이 낯선 사실이, 낯선 사실을 공유한다는 사실이, 우리에게 꼭 맞는 옷이 되었고, 옷은 감옥이니까, 어떤 옷도 일정 시간이 지나면 빛을 잃은 감옥이 되니까, 어떤 옷에도 갇히기 싫어지니까, 그때쯤 우리 대화의 끝은 달라질까요?

그럼요. 언제나 그랬듯이.

언제나 그랬듯이, 다시.

나가세요.

……

나가세요.

……

제 안에서 나가세요.

……

당장, 나가주세요.

검은 구름과 공기로 옷을 지어 입는 이에게

있지, 난 못 가. 난 못 간다. 못 가고 안 가. 못 가,와 안 가,
를 구별하지 못한 지는 꽤 되었어. 구별하지 않은 지도 꽤
되었고. 구별 못 하고 구별 안 해. 별 의지는 없어. 의지를
부릴 때가 아니지. 부릴 때는 늘 아니었어. 늘 처리할 일들
이 많았거든. 처리할 감정들. 처리할 아픈 몸들과 먹여야 할
약봉지들. 다 처리하고 나면 언제나 늦은 밤이었어. 방학은
끝나 있었어. 비성수기였어. 타야 할 비행기는 이미 돌아와
있었어. 머물렀어야 할 방들은 폐쇄돼 있었어. 못 가고 안
가는 사이에 빗장 걸려 있었어. 30몇 년의 세월 동안 내가
간 곳은 오직 못 가고 안 가는 나라들. 못 간 안 간 도시들.
설사 간 곳이 있다 하더라도 안 간 거였어. 못 간 거였어. 늘

간혀 있었거든. 26년의 감금 생활 끝에 드디어 빛을 보게 되었다는 멜라니 바스티앙*의 감금된 몸을 이즘 되면 늘 떠올려. 그곳은 푸아티에였다지. 푸아티에. 하지만 쁘와띠에라고 발음할 수도 있어. 뿌아티에도 가능하지. 푸아티에와 쁘와띠에와 뿌아티에는 달라. 멜라니 바스티앙은 푸아티에에 있었던 거지. 쁘와띠에엔 오직 양 떼들이 있었어. 뿌아티에엔 오직 양치기들만이. 양 떼들과 양치기들이 다른 도시에 살고 있었으므로 그들은 불행했을까 행복했을까. 양 떼들이 뿌아티에로, 양치기들이 쁘와띠에로 갈 수도 있었겠지만 아무도 못 가. 아무도 못 간다. 못 가고 안 가. 설사 간 적이 있다 하더라도 그들은 엇갈렸어. 양 떼들은 뿌아티에에, 양치기들은 쁘와띠에에 살게 되었지. 오랫동안 서로의 소문만을 들어왔던 그들은 서로의 존재를 믿었을까 안 믿었을까. 안 믿었을까 못 믿었을까. 안 믿고 못 믿고를 구별하지 못한 지는 꽤 되었어. 구별하지 않은 지도 꽤 되었고. 별 의지는 없어. 의지를 부릴 때가 아니었지. 양들은 자꾸 죽어나가는 병든 새끼들을 돌봐야 했고 양치기들은 아버지의 빚을 갚아야 했어. 양의 아이들은 말이 없고 양치기의 아버지들은 수치심도 없이 말이 많았어. 말 없는 양의 아이들과 말 많은

* 『사랑의 단상』(롤랑 바르트, 김희영 옮김, 동문선, 2004) 중 역주.

106

양치기의 아버지들이 한 도시에 살았다면 그나마 괜찮았을까. 하지만 아무도 못 가고 안 가고 설사 간 적이 있다 하더라도 엇갈리기만 하였으므로 양의 아이들의 말은 줄기만 하고 양치기 아버지들의 빚은 늘기만 하였으며 갚아도 갚아도 늘기만 하였고 갚을수록 늘어났으며 늘어날수록 줄어들었고 늘어날수록 말이 줄어. 그리고 말이, 거의, 바닥을 쳤을 때 빚은 정수리를 쪼아대는 저 태양의, 턱에, 닿았고 말은 완전히 사라지고 빚은 빛이 되었으며 그 사이에서 어쩔 줄 모르는 나는 안 가. 아니, 못 가.

　(우리는 온순한 동물이지. 아프고, 말 없고, 빚을 갚는다. 빚 갚고, 병들고, 말할 줄 모른다.)

십만 원에 대하여

밤새 십만 원에 대해 생각했어.

응?

밤새 십만 원에 대해 생각했어.

십…… 뭐?

십만 원.

십만 원에 대해 밤새 생각했다고?

응, 십만 원에 대해 밤새 생각했어.

고작 십만 원……?

고작 십만 원.

……

나에게 남은 십만 원.

너에게, 십만 원이 남았구나.

응, 나에게, 십만 원이 남았어.

다른 것을 생각해봐. 십만 원 말고 십 년의 시간이라든가, 십 평짜리 방이라든가. 차라리 그게 낫지 않겠니.

응, 그게 나을 거야. 하지만.

……

십만 원이 남았는걸.

……

나는 그게 놀라운걸.

무엇이, 정확히 어떤 점이 놀랍니?

십만 원이 남았다는 것. 나에게 남은 것이 만 원이 아니라는 것.

만 원?

예전엔 만 원이 남았지. 만 원이 남으면, 남은 것으로 열흘을 버틴다.

열흘?

그런데 지금은 십만 원이 남았어. 만 원보다 열 배가 넘게 남았는데, 열 배도 넘게 불안하다.

무엇이, 정확히 어떻게 불안하다는 거니?

머리로는 이해해. 열 배가 넘는 돈이라는 거. 만 원으로 열흘을 버텼으니까 십만 원으론 백 일을 버틸 수도 있지 않을까, 하는 기대와 안심. 억지 위안이라는 거 알아. 지금은 다름 아닌 2018이라는 거. 곧 2019가 온대. 그러고 나면 2020 원더키디의 시간이야.

믿어지지 않는 숫자들.

믿어지지 않는 십만 원. 어쩌다 나에게 십만 원이 남았을까. 나에게 남은 것은 왜 오만 원이나 육만 원이 아닐까. 어째서 십만 원은 나에게 안심을 줄까. 어쩌다 나는 십만 원에 안심하는 사람이 되었을까. 십만 원에 안심을 하는 나는 어떤 사람일까. 나는 십만 원짜리 사람일까. 나는 십만 원일까. 밤새, 차가운 이불 속에 종잇장처럼 누워 십만 원에 대해 생각하는 나는 그냥 십만 원이다.

그만해. 십만 원도 없는 사람이 있어.

그만하고 싶어. 나도 더는 그만 십만 원이 돼버리고 싶어.

이상하지. 만 원일 땐, 만 원이 되지는 않았어.

기뻤지.

응, 차라리 기뻤어. 만 원이라는 수치는 안심만을 주었어.
만 원이 어디야. 그런 안심.

만 원과 너 사이에 거리가 있었지.

만 원은 만 원이었어.

너는 객관적으로 만 원을 바라봤다.

쌀 오백 그램, 계란 반 판, 조금의 차비.

너는 젊었으니까.

지금도 젊어.

무엇이, 정확히 어떤 점이 젊다는 거니?

늙지 않았다는 거지.

늙지 않음이 젊음은 아니지.

그래, 다시 말할게. 나는 지금도 늙지 않았어.

무엇이, 정확히 어떤 점이 늙지 않았다는 거니?

……

너는 지금 두려워 두 손을 꼭 쥐고 있지 않니?

십만 원이 달아날까 두려워.

……

십만 원이 한순간에 사라질까 두려워.

……

십만 원이 사라진 이후의 빈곤감이 두려워.

……

십만 원 어치의 빈곤감이 두려워. 만 원의 열 배로 두려
워. 두려움 만 원의 열 배는 십만 원이 아니야. 계산 불가능.
일억…… 십억…… 아주 웃기는 숫자들. 내 친구는 또 그래.
전세 일억의 집도 있는데 단 십만 원이 없어. 십만 원은커녕
만 원도 없어. 물 살 돈도 없어. 그 집에 가면 물도 안 줘.

뭐?

물도 안 줘.

웃겨서 콧물이 다 나오잖아. 울 것까지도 없어. 그냥 비염
이라고 해.

그냥 재앙이라고 해.

오토매틱 재앙.

자동화된 재앙 기계 속에 살고 있어.

마이구미로 배를 채운다면 덜 슬플 거야.

그냥 마이구미 일억 개를 사버려. 십만 원으로.

그거야말로 재앙이지. 젤리는 질식의 위험이 있다.

용서해야 할까?

무엇을?

112

아직 최선을 다하지 않았을 뿐,*이라고 누군가는 말할 거야.

좀더 최선을 다하지 않았을 뿐,**이라고 또 다른 누군가는 말할 거고.

그다음은 뭔데?

끝까지 최선을 다하지 않았을 뿐.

죽을 때까지 최선을 다하지 않았을 뿐.

아니야. 죽을 때까지 알바 할 자신이 있어, 나는.

알바가 최선은 아니지.

그럼 무엇이 최선이지?

(침묵)

어니스티? 빌리 조엘?

차라리 래퍼들처럼 쇼미더머니를 외쳐.

글? 문학?

십만 원을 앞에 두고, 문학은 부끄럽게만 여겨지는걸.

그런 말을 했다간 백십만 원어치의 욕만 얻어먹을 거야.

---

* 아오노 순주, 『아직 최선을 다하지 않았을 뿐』, 송치민 옮김, 세미콜론, 2012.
** 아오노 순주, 『좀더 최선을 다하지 않았을 뿐』, 소학관, 2013.

배는 부를까?

배는 땡땡 부르고, 포만감에, 잠만 올 거야.

잠은 올까?

오직 잠만 올 거야. 잠만 자게 될 거야.

숙면이 어디야. 십만 원을 뒤로하고, 숙면할 수만 있다면.

……

제발 숙면할 수만 있다면.

(침묵)

(꼭 십만 원어치의 침묵)

그럴 거면 그냥 줘버려. 지나가는 누구에게.

사실은 이미 그랬어.

줘버렸어?

응, 줘버렸어. 물을 사라고 했어.

물을 사라고 십만 원을 줘버렸어?

응, 물을 사라고 십만 원을 줄 수 있어.

너는 집도 없잖아?

나는 집이 없지만 물을 살 수는 있었으니까.

네가 더 부자라고 생각했어?

사실이 그렇잖아.

너의 사실세계에 내 눈이 멀어버릴 것 같다.

남은 십만 원에, 난 정신이 멀어버릴 것 같아서.

……

십만 원이 있었어.

……

나에게 십만 원이 있었어.

……

용서해야 할까?

한강이야

어디야?

한강이야.

아직…… 한강이야?

응, 한강이야.

아직…… 아직도?

그래, 아직…… 한강이야.

어디쯤이야?

글쎄.

마포대교? 양화?

나, 다리 이름을 몰라.

그럼 뭐가 보여?

철새들.

……

떼로 날아가는 무리 뒤로 늘 멀찍이 뒤떨어진 혼자들.

그리고?

철교 아래로 천천히 사라지는 사람들.

그리고.

낚시 금지. 미끄럼 주의. 침수 위험…… 강변의 말들.

또……

드림리버. 리버웨이. 리버뷰팰리스…… 강 너머의 말들.

……

그리고……

……

송수희 좀 찾아주세요.

응?

실종된 송수희 좀 찾아주세요. 1999년 3월 10일 오후 5시 집을 나간 뒤 아직 돌아오지 못하고 있는 내 딸 송수희 좀 제발 찾아주세요.

정기적으로 교체하는 것인지 늘 말끔한 저 현수막의 왼편엔 1999년 당시 만 17세이던 송수희의 얼굴이 늘 활짝 웃고 있지만 나, 저 현수막을 볼 때마다 송수희의 얼굴은 보이지 않아.

그럼 뭐가 보여.

손.

손……?

검고…… 늙은 손.

……

혹은 늙지도 못한 손. 1999년 3월 10일 멈춰버린 손.

……

1999년 3월 10일 이후로 얼어붙은 손. 1999년 3월 10일 이후로 먼지 쌓인 손. 1999년 3월 10일 이후로 오직 반복하는 손.

무엇을?

늘 같은 행동을.

어떤?

현수막을 만드는…… 만든 현수막을 거는. 전단지를 만드는…… 만든 전단지를 배포하는. 지하철 출구나 쇼핑몰 입구…… 사람들이 우르르 몰려나오는 곳이라면 어디든. 나들목이나 고속도로 진입로, 차들이 정체하는 지점이란 지점이

118

면 모조리…… 겨울이나 여름, 폭설이 내리든 폭우가 쏟아
지든 상관없이…… 전단지를 붙이고 현수막을 거는 손. 전
단지를 붙이고 현수막을 걸 수 있는 빈틈을 찾아 헤매고 또
헤매는 손. 전단지를 붙이고 현수막을 걸고, 전단지를 붙이
고 현수막을 걸고, 다시 전단지를 붙이고 현수막을 거는 그
손의 일생…… 바로 그런 일생의 손. 그 손의 주인을 언젠
가 본 것도 같아. 보지 못했을 수도 있어. 그러나 그 사람을
알아. 그 손 가진 사람을 알아. 그 손의 목소리를 알아. *아
직…… 아아, 아직*이라고 말하는 손. *좀더…… 조금, 조금만
더*라고 중얼거리는 손. 그 손의 음성은 그 손과 같아. 검고,
늙었다. 혹은 늙지도 못했다. 1999년 3월 10일 이후로……
그 노인의 목소리는 이상하게 어리다.

*

　그 노인에게 전화가 온다. 같은 번호. 거의 늘 같은 번호
다. 노인은 모르는 번호를 기다리지만. 가끔 모르는 번호
가 뜨기도 한다. 붉게 취한 목소리는 말한다. 수희 집에 가
기 싫다는데? 여기가 더 좋다는데? 검게 굳은 목소리는 말
한다. 굿을 하시면 수희를 만나실 것입니다. 수희를 찾는 데
딱 맞는 좋은 굿이 있습니다. 수희를 위해 특별히 할인된 가

격에…… 그렇다. 현수막을 보고 누군가는 장난 전화를 건다. 실종 가족을 찾는 현수막을 보며 누군가는 광고 전화를 거는 것이다. 노인은 이제 화내지 않는다. 노인은 가진 화를 다 써버려서 화를 낼 수도 없다. 그래서 껌을 씹는다. 잇몸에 피가 나도록 껌을 씹는다. 잇몸이 껌인지 껌이 잇몸인지 모르도록 씹는다. 다행히 장난이나 광고가 아닌 경우, 늘 같은 번호로 온 전화는 늘 같은 목소리로 묻는다. 어디냐고. 노인은 이상하게 어린 목소리로 대답한다. 한강이라고. 발신자는 다시 묻는다. 아직…… 한강이냐고. 이상하게 어린 목소리 대답한다. 그래 아직 한강이라고. 아직…… 현수막을 걸고 있다고. 지난 폭우에 현수막이 얼룩져서 다시 걸고 있다고. 깨끗한 현수막을 걸어야 한다고. 현수막이 깨끗해야 사진이 깨끗하고, 사진이 깨끗해야 우리 수희가 잘 보인다고. 사진 위에 우리 수희가, 바로 거기 서 있는 것처럼 또렷이 보여야 한다고. 한강을 지나는 모든 서울 시민이 도저히 지나칠 수 없도록 또렷이…… 멀리, 흰색 요트 미끄러져 간다. 물거품 일으키며 제트스키 따라간다. 재즈 선율 흘리며 유람선 지나간다. 노인은 저들은 너무 빨리 달려서 우리 수희를 못 볼 거라고 한다. 저들이 볼 수 있는 현수막의 방식에 대해 고민한다. 가능하다면, 공무원들이 좀 도와만 준다면, 서울 시장이 허락만 한다면 한강 길이만큼 긴 현수막을 만들고 싶다. 만들어야 한다. 한강을 지나는 우리나라 국민들이 다 볼 수 있는 현수막을 만들어야 한다. 무엇보다 급선무인 것은 그 현수막을 만들 능력과 기술이 있는 업체를 찾아야 한다. 지금의 업체는 길이 5미터가 한계다. 검색, 검색했다. 검고 늙은 손은 밤새 검색했다. 미국에 사는 어떤 예술가가 있다고 한다. 산 전체를 천으로 포장했다고 한다. 그러면 적당하다. 그러면 내가 원하는 바로 그런 현수막을 만들어줄 수 있다. 설치 예술. 그런 것을 설치 예술이라 한다던데 사람들이 어떻게 부르는지는 상관없고 미쳐도 단단히 미쳤다고 해도 상관없으며 나에겐 그냥 내 딸 찾는 현수막이니까 서울 시장은 무조건 허락해야 한다 존경하는 시장님은!

그러니까…… 아직 한강인 거요 당신?

발신자는 아직 묻고 있다.

아직…… 그러니까 아직 당신은……

……

아직도 여전히……

……

얼른 들어와요. 오늘은 이만하고.

……

수희가 좋아하는 갈치조림 끓여놨어.

......

응? 얼른……

......

......

......

이상하게 어린 목소리가 침묵할 때, 시간은 정지된 것이다. 한 줄 한 줄 내려앉는 점들은 침묵의 검은 점 아닌, 정지된 시간 위로 내려앉는 먼지들인 것이다.

......

그는 침묵해.

......

범람하는 생각을 표현할 길이 없어.

......

그는 침묵해.

......

한강은 범람하면 뉴스에도 나오는데.

......

그는 침묵해.

......

범람하는 생각은 누구에게 말해야 하나 알 수 없어 침묵해. 말하면 말이 되는 말인 걸까, 말과 말 아닌 것의 경계를 알 수가 없어 침묵해. 어떤 말은 현수막 업체에서 거부한다. 이 표현은 좀 과하다고. 이 문장은 너무 감정적, 또는 너무 극단적이라고. 그들이 거부하는 그 말이 말 아닌 것일까. 그러나 말 아닌 것이 사실은 내가 정말 하고 싶은 말인데. 말 안 되는 것이 사실인데. 말이 되었다면 갑자기 그 애는 사라지지 않았겠지. 말이 되었다면 그 애는 어느 날 갑자기 흔적도 없이 사라지지 않았고 그게 벌써 20년 전의 일이지 않았겠지. 그러나 벌써 20년 전의 일이고 사람들은 말한다. 이제 그만하시라고, 이제 그만. 할 만큼 했으니 제발 그만하세요 형님. 그래요! 전 재산 다 팔아 전단 만드셨잖아요! 그동안 뿌린 종이만 수백만 장은 될 거예요, 얼마나 더 하시려고 그러세요. 더는 남은 것도 없잖아요, 저희는 더는 도와드릴 수 없어요, 수희는 그만 포기하세요! 그만, 그만 좀 하시라고요! 그러나 나는 그 말을 거부한다. 그 외의 모든 말은 허용하며 수희가 돌아오는데 필요한 말이라면 엎드려 절하며 말의 발을 핥을 수도 있겠지만 그만하라는 그 말만은 거부하며 내가 거부하는 그 말이 말 아닌 거라고 말하며 눈감는다 그런데 말 되는 말이란 무엇일까 말 되는 말은 본 적도 들은 적도 겪은 적도 없는 것 같아 아주아주 오래전 그러

니까 수희가 내 품속에서 방긋방긋 웃던 시절 잠깐 본 적이
있었던 것도 같은데 흩어진 것 같아 펑 하고 흐터져버린 것
같아 말이 되던 그 시간도 흐터져버렸고 그 시간의 말도 모
조리 흐 터 져버린 것 같아 지금 하고 있는 이 말도 흐 터 져
버 리 고 있는 것처럼 어떤 말이든 한순간 펑 하 고 흐 ㅌ ㅓ
져 버 리 는 것 같아 그런데 ㅎ ㅡ 터 져 버 리 지 않 는 말
이 란 없는 건 아닐 까 ㅇ ㅓ 쩌면 흐 ㅌ ㅓ ㅈ ㅕ 버 ㄹ ㅣ
기 위 해 ㅁ ㅏ ㄹ ㅎ ㅏ 는 건 아닐까 눈 깜 짝 할 사 이 ㅎ
ㅡ …… ㅌ ㅓ …… ㅈ ㅕ …… ㅂ ㅓ ㄹ ㅕ 도 누 구 하 ㄴ ㅏ
ㅊ ㅐ ㄱ 임 ㅈ ㅣ ㅈ ㅣ ㅇ ㅏ ㄴ ㅎ 느 ㄴ ㄱ ㅓ 그 것 으 ㄹ
ㅁ ㅏ ㄹ ㅇ ㅣ ㄹ ㅏ 부 르 ㄴ ㅡ ㄴ ㄱ ㅓ ㄴ ㅇ ㅏ ㄴ ㅣ ㄹ
ㄲ ㅏ …… 그 ㄹ ㅓ 니 ㄲ ㅏ ㅁ ㅏ ㄹ ㅇ ㅣ ㄹ ㅏ ㄴ ……

그런데 넌 아직……

ㅁ ㅜ 어 ㅅ ㅇ ㅣ ㄹ ㄲ ㅏ ……

아직……

ㅁ ㅜ …… ㅇ ㅓ ……

아직 너는……

……

넌……

……

……

......

정지된 어깨 위로 뽀얗게 먼지가 쌓일 만큼 아직……

......

감은 눈두덩 위로 소복이 쌓일 만큼 아직……

......

한강이야? 아직, 한강이야? 아직, 아직도……?

*

그래, 아직 한강이야.

아직…… 한강이구나.

이제 어디쯤이야.

글쎄.

동작대교? 반포?

나, 다리 이름을 몰라.

그럼 이제 뭐가 보여.

안개.

......

어둡고 푸르고 짙은 안개.

......

어둡고 푸르고 짙은 안개 속을 지나는 한 사람.

……

그.

……

그 사람이 보여.

……

그가 너무 보고 싶어.

넌 아직……

……

그러니까 아직 넌……

……

아직, 그를 사랑해?

응.

말이 안 돼.

응.

말이 안 돼 아직도 넌.

응.

너는 정말 그러면 안 돼.

……

이제 그만해.

……

할 만큼 했으니 제발 그만해. 그 때문에 너의 모든 게 엉

망이 되지 않았니. 너는 직업도 없어. 집도 없어. 직업과 집을 구하려는 마음도 없어. 오직 그 마음만 있어. 그것이 너를 망치고 있어. 병들게 하고 있어. 병들었다는 걸 알면서도 계속하고 있어. 고집부리고 있어. 집착하고 있어. 여전히 그곳에 있어. 거기가 어디인 줄도 모르면서 언제나 그 거대하고 막막한 곳에서 아직, 아직이라 중얼대고 있어. 가라앉는 거야. 넌 가라앉고 있어, 알지. 조만간 완전히 가라앉겠지, 알고 있지. 그는 널 외면할 거야. 잘 알고 있지.

……

그러니 그만해.

……

그만 좀 하라고.

……

듣고 있니.

흐터지고 있어.

뭐.

흐터지고 있으니 더 해. 계속해.

뭐.

아무리 말해도 너의 말이 흐터져버리고 있으니 하고 싶은 만큼 해. 너의 모든 것을 나는 좋아하고 네가 하는 대부분의 말들은 심장 속 깊이 흡수되지만 오직 그 말만은 발화

되는 순간 펑 하고 흐터져 산산조각 나고 있으니 계속해.

......

그만하라는 너의 그 말을 나는 거부한다.

......

거부하며 아직도 그를 사랑하고 시간의 흐름을 거부하며 아직도 그대로인 모든 마음을 응원하며 아직도 나는 이 거대한 강의 이름을 알지 못하는 어느 다리 위를 지나고 있고 언제나 나는 이 거대하고 막막한 물덩이의 어디쯤을 지나고 있을 거야.

......

영원히 끝없이 나는 한강일 거야.

Ⅱ

초와 그녀

엄마.

......

잠이 와.

......

계속 잠이 와.

......

끝없이 잠이 와.

엄마.

응.

동물들은 잘 있어?

잘 있지.

……

순이가 조금 기침을 하는데 약을 먹였지.

……

밤비가 조금 더 목이 돌아갔는데 약을 먹였어.

……

밤비.

응.

아름다운 밤비.

응.

조금씩 조금씩 목이 돌아가는 아름다운 밤비.

......

목이 돌아가 비스듬히 기울어진 채로도 그 커다란 눈을
마주치고 웃는 아름다운 밤비.

약을 먹였구나.

그래, 약을 먹였지.

약을 먹으면 괜찮아지나.

약을 먹으면 괜찮아지지.

잠깐 괜찮아졌다가, 다시 안 괜찮아지는 거 아닌가.

잠깐이라도 괜찮아지는 게 어디니.

......

잠깐이라도 괜찮아지면 된 거지.

......

잠깐이라도 괜찮아지게 하는 게 약이지.

병원, 다녀왔구나.

아니야, 안 나갔어.

……

안 나갔어. 여분이 있었어. 작년에 의사가 몇 달치 줬잖
아. P 선생님 알지.

……

나오기 힘들 테니 증세가 또 나타나면 먹이라고 많이 줬
어. 원래 이렇게 약을 주면 안 되는데, 자기가 한 번도 이런
적이 없다면서.

……

다른 약들도 많이 챙겨줬어. 소염제나 항생제처럼 기본적
인 것들. 지금 의사라면 어림도 없지. 원장이 알면 난리 났
을 거야. 마지막 진료 때 악수를 청하면서 나보고 잘 지내길
바란다고 하더라. 그리고 동물들도……

……

아니 동물들보다 더.

……

더 잘 지내래. 꼭 그러라고 하더라.

그는 어디로 갔어.

서울 어디에 병원을 낸다고 했어.

……

가끔 그 병원을 생각해.

......

그 병원이 잘되면 좋겠어.

너 알지, 그 의사랑 처음에 많이 싸웠었잖아. 그는 내가 자기 영역을 침범하고 자신을 무시한다고 생각했던 것 같아. 그가 알려주는 치료 방법에 내가 무언가 의견을 제시할 때마다 얼굴이 딱딱하게 굳어지곤 했어. 단순한 질문을 던져도, 그것이 자신에 대한 의심이나 불신은 아닌가, 민감하게 받아들였고. 당시에는 나 역시 그런 태도가 나를 무시한다고 생각됐어. 의사가 너무 폐쇄적이고 자존심이 센 것은 아닌가, 하고 말이야. 그냥 입을 다물어보려고도 했지만 당장 실행해야 하는 처치나 수술 앞에서 내가 납득하지 못한 방법을 취하도록 내버려둘 수는 없잖아. 그렇게 내버려두었다가 얼떨결에 보낸 아이들, 그 아이들을 너도 알지. 밤에,

자려고 눈을 감으면 아직도 아이들 얼굴이 떠올라, 그 오래 전 일들이 바로 어제 일처럼 생생하게 보이는데 똑같은 실수를 반복할 수는 없는 거잖아. 그래서 가능한 조심스럽게 말을 꺼내보는데 의도와는 다르게 말이 튀어나와. 생각과는 다르게 너무 단순하고 직접적인 말이, 불안정한 하이 톤으로 파편처럼 튀어나와 그에게 날카롭게 꽂히는 거야. 솔직하게 말했어. 동물들 병치레를 많이 하다 보니 내가 예민하다고. 그리고 오랜 시간 동물들과만 지내서…… 그는 이해했고 그때부터 서로의 오해를 풀었지만, 그렇게 날카롭게 말을 하는 내 자신을 맞닥뜨렸을 땐 너무 절망적인 마음이 들어 꼭 개구리 공주 같다는 생각이 들더라. 왜, 너 어릴 적에 내가 읽어주던 안데르센 전집 속 공주 이야기 기억나니. 입만 열면 개구리가 튀어나오는 저주에 걸린…… 입에서 수십 마리 개구리가 펄쩍펄쩍 튀어나오는 그림이 실려 있었잖아. 그게 꼭 내 모습 같은 거야. 끔찍하다는 생각이 들었어. 예전엔 그러지 않았잖아. 너 알지, 너 초등학생 때, 네 친구들이 우리 집에 전화 거는 걸 좋아했잖아. 내가 상냥하고 친절하게 전화를 받는다고, 내가 말하는 게 꼭 새가 지저귀는 것 같아 들으면 기분이 좋아진다고 하루에 꼭 한 번씩은 전화를 걸던 아이도 있었어. 그런데 지금은…… 너무 말을 하지 않았지. 너무 말하지 않아서, 말하는 방법을 잊어버렸어. 잊어가고 있다는 건 알았지만 이렇게 완전히 잊어버린 줄은 몰랐던 거야. 말을 해야지. 혼잣말이나 동물들에게 하는 말 말고, 세 마디 이상 길게 이어지는 대화 말이야. 혼자 끝없이 늘어놓는 그런 대화도 말고…… 그런 순간이 있어. 며칠 동안 전화도 안 오고 누구와도 말을 안 하다가, 어느 날 택배 기사나 집배원이 와서 몇 마디 나누고 나면 그가 돌아간 후에 그 대화에 이어지는 말을 혼자 끝없이 하는 거야. 꼬리에 꼬리를 물고 끝없이 말이 흘러나와, 무슨 할 말이 이렇게 많아 스스로 당황할 정도로…… 누가 멈추어주지 않으면 멈출 수 없을 것처럼…… 택배 기사에게 하던 말은 어느새 돌아가신 아버지에게 하는 말이 되어 있고…… 아버지에게 하던 말은 어느새 예전에 옆집에 살던 정민이 할머니에게 하는 말이 되어 있고…… 정민이 할머니에게 하던 말은 어느새 고등학교 때 단짝 경희에게 하는 말이 되어……

엄마,

……

엄마,

엄마,

……응.

밤비는 뭐 해.

응……?

밤비는, 뭐 하고 있어.

밤비……

응.

자…… 자고 있어.

……

……

덤보는.

……자고 있어.

아리는.

자고 있어.

주몽이…… 환웅이는.

자고 있어.

나리…… 순이…… 선희는.

자고 있어.

초롱이, 예삐, 소망이, 진주도……?

응.

행복이, 사랑이도.

응.

그리고 내가 이름을 모르는 다른 아이들 모두.

자고 있어. 자는 시간이야.

그래서 이렇게 조용하구나.

응.

숨소리까지 다 들리는 것 같아.

그러니.

계속 짖는 아이…… 그 애도 자나 보네. 그 애 이름이 뭐
였지.

보배.

보배……

웅.

보배는 왜 계속 짖어.

그 애는…… 아직 뭘 몰라.

뭘 모르는데.

그냥. 모든 상황에 대해. 이해할 수가 없어.

집에 온 지 꽤 됐잖아.

꽤 됐지…… 한 10년.

10년이나 지났는데, 왜.

시간이 지나도…… 그 애는 많이 두렵고.

……

여전히 두렵고 무섭고 이해할 수가 없고 납득이 안 되니

까……

……

오직 백설이한테만 의지해.

백설이.

새하얀 몸에…… 분홍색 코를 가진 아이.

아아, 속눈썹이 사슴처럼 긴……?

맞아. 그 애 품에 들어가 자.

……

아기처럼.

이름이 많아.

응.

나, 그 이름을 다 외우지 못해.

응.

어느 시점까지는 다 외웠었는데.

언제까지.

아마…… 대학교 때까지.

그건 아주 오래전 아니니.

아주 오래전이야.

그 집에 살 때.

응.

그땐, 좋았어. 그 집…… 봄이면 모과꽃 피고 여름이면 장미가 만발하고……

그땐 다 외울 수 있었어. 이름이…… 지금보다 훨씬 적었고.

응.

엄마도 외출할 수 있었고.

응, 사우나도 가고 떡볶이 먹으러도 가고.

……

좋았어.

……

그 떡볶이집 여전히 잘 있을까 갑자기 궁금하네. 아주머니 참 좋으셨는데.

재개발됐어 그 동네.

그럼…… 다 없어졌니?

응, 없어졌어.

모두?

모조리. 남김없이.

무서워, 그런 일은 정말 무서워…… 그런 일에 대해 생각하기 시작하면 너무 무섭고 도저히 납득이 안 돼서 어느 땐 나도 보배처럼 컹컹 짖고 싶어…… 보배가 왜 그토록 짖는지 이해가 되고 나도 밤새도록 하염없이 허공에 대고 짖어대고 싶은 마음이 드는 거야, 그러니까 그런 일…… 뉴스에서 잠깐이라도 그런 장면을 보면…… 뉴타운을 조성한다고 어떤 마을을 통째로 갈아엎는 장면을 언뜻 보기만 해도 그 뒤에 그런 생각을 했던 사람들의 얼굴이 보이는 듯해. 그 사람들의 얼굴이 보여. 그러니까 어떤 마을을, 통째로 갈아엎을 생각을 하는 사람들 말이야. 어떤 오래된 마을을…… 오래되고 낡은 마을을…… 오래되고 낡았다는 이유로…… 오래되고 낡지 않아도 유행이 지나고 사업성이 떨어진다는 이유로…… 폐기 처분하잖아 골목엔 폐기 처분된 가구들이 얼마나 많니…… 전봇대마다, 10미터씩 늘어진 전봇대마다 멀쩡한 가구들이 아무렇게나 쌓여 있잖아, 차갑고 더러운 아스팔트 위에서 벌렁 뒤집어진 채, 문 한 짝이 훤히 열린 채, 서랍 안을 다 드러낸 채 자신의 소중한 것들, 스웨터나 속옷, 서류나 일기장을 넣어두었던 그 작은 서랍에 지나가던 이들이 담배꽁초나 캔을 버리도록 내버려두고 있는데 그런 마음…… 내버리는 마음…… 자신과 시간을 지낸 무언가를 어느 순간 내버리고 더 이상 생각하지 않는 마음…… 그 마음의 차단, 시선의 차단, 더 이상 보지 않는 눈, 바라보지 않는 눈, 더는 필요 없으니 보지도 않고 버리는, 허물어버리는, 짓밟는, 밟고 지나가는, 뭉개는, 그건 모두 연결되는 동작이니까 쓰던 옷장을 버리듯 이불을 버리듯 곰 인형을 버리듯 어떤 마을을 통째로, 트랙터와 포클레인 수십 대를 끌고 와 통째로 사라지게 하는데…… 그 일을 기어코 실행해내는데…… 그러면 그곳에 살던 그 수많은 사람과 동물 들, 그 좋은 나무들은 다 어디로 가는 거니…… 골목 초입의 그 포근하던 향나무, 청설모 가족이 살던 구멍가게 감나무, 봄이면 황홀하리만치 아름답던 파란 지붕 집 목련나무, 노란 개나리 만발하던 이층 양옥집 담장,

호박 넝쿨 울창하던 멋쟁이 노부부네 집, 그리고 여름이면 붉은 장미 뒤덮이던 우리 집 담장…… 동물을 많이 키운다고 담장 너머로 소주병을 던지거나 대문을 발로 차는 사람들도 있었지만…… 누가 대문을 차고 갔다고 알려주던 옆집 할머니도 있었고…… 그 많은 아이들 먹이기 힘들지 않느냐고 가끔 사료를 갖다 주던 커트 머리 여자, 우리 집에 찾아와 강아지들 이름을 하나하나 물어보곤 하던 안경 쓴 꼬마, 동물 학대 기사가 뜰 때마다 씩씩거리며 찾아와 분노를 토해내던 장발의 청년, 그리고 또…… 새벽마다 지하실에 와 밥을 먹고 가던 검은 점박이 가족, 은행나무 집 지붕에 살던 터줏대감 노랑이와 삼색이, 올무에 걸려 1년 넘게 치료해주었던 흰둥이, 다 어디로…… 그 동네 사라졌으면 다 어디로 간 걸까, 다 어디로 갈 수 있을까…… 집과 땅이 사라지면…… 골목과 공터가 다 사라져버리면…… 그 오른쪽 마을도 뉴타운이 되고 왼쪽 마을도 뉴타운이 되니까…… 이런 일에 대해 생각하기 시작하면 도저히 이해가 안 되고 눈앞이 캄캄해지고 내가 할 수 있는 일이 아무것도 없어서……

엄마,

……

엄마,

엄마,

……웅.

밤비는…… 몸을 둥글게 말고, 앞발로 눈을 가리고 자고 있지.

……

식탁 아래에서.

웅.

덤보는…… 픽 쓰러진 듯이, 옆으로 누워 자고 있지.

……

냉장고과 식탁 사이에서.

웅.

덤보 많이 늙었지.

늙었지.

아기 코끼리 덤보였는데.

……

아기 코끼리 덤보라고, 엄마가 이름 지었지.

귀가 아주 커서……

펄럭펄럭 날아갈 수 있을 것 같다고.

응.

밤비는, 아기 사슴 밤비라고.

연한 갈색에…… 눈이 크고 맑으니까.

레오는 밀림의 왕자 레오.

하얗고, 의젓하니까.

철이는 은하철도 999의 철이.

휘날리는 더벅머리가 꼭……

그리고 또 있나……

……

……

여우.

여우?

어린 왕자에 나오는 여우.

이름이 많아.

응.

나, 그 이름을 다 외우지 못해.

너는 일찍 집을 나갔으니까.

응.

언제였지.

……

한 15년 됐나.

……

맞아, 너 대학교 3학년 때. 기숙사로 간다고, 갑자기 기숙
사 생활을 하겠다고.

……

그리고 몇 년은 아예 나타나지 않았잖아.

……

그러니까 이후로 들어온 아이들은 모르지.

……

그런데 나도 가끔 이름을 까먹어.

다…… 엄마가 지은 이름인데.

그래도, 많으니까.

떠난 아이들까지 모두 몇 마리지.

글쎄. 다 세어보지 않았어.

......

한 마흔.

마흔.

응.

마흔 마리의 이름을 전부 엄마가 지었어.

......

엄마는 정말 이름을 쉽게 지어. 그것이 나는 항상 놀라웠어.

......

이름이 없던 아이가, 엄마 집에 들어오면 들어오자마자 이름이 생기는 거야. 마치 처음부터 그 이름이었던 것처럼 이름은 그 애에게 꼭 맞고. 다른 이름은 도저히 상상할 수도 없이.

이름이, 있었겠지.

그런가.

아무렇게나 지은 거라도 있었겠지.

그런가.

그 이름을 다시 들으면 이 애들은 얼마나 이상한 기분이 들까. 가끔 그런 생각을 해.

……

바로 이름을 짓지는 않았어. 원래의 이름. 그 이름을 부르던 사람을 찾는 시간 동안은 이름이 없는 채로 두었어.

……

그러나 대부분은 찾을 수 없음이 분명했으니까.

……

일부러 버린 것이 너무도 분명했으니까.

일부러……

응.

작정하고……

응.

……

어떤 시간을 기다려. 혹은 특정 장소를 봐두었다가.

밤에……?

아니, 환한 대낮에도.

모자를 푹 눌러쓰거나…… 마스크로 얼굴을 가리고?

아니, 맨얼굴로. 아무렇지 않게.

시 외곽의 인적 드문 마을에……?

아니, 그냥 동네 한복판에.

......

아파트 화단에.

......

대형마트 주차장이나 물품 보관소에.

......

동네 공원에.

......

쌩쌩 달리는 차도에, 고속도로 갓길에.

......

깊은 산속.

......

바캉스를 떠났던 바닷가.

......

바캉스를 떠났던 시골.

......

시골의 버려진 주유소.

......

농장이나 동물 병원 앞.

......

혹은 개를 많이 키우는 집 앞에.

......

가져가라고. 개가 너무 커버려서 나는 이제 필요 없다고.
혹은,

    ......

키워주세요. 키우실 의향이 없다면 구청에 신고하시면 데
려갑니다. 혹은,

    ......

가족 같은 소중한 개입니다. 피치 못할 사정이 생겨 더 이
상 키울 수 없게 되었습니다. 부탁드립니다.

    ......

지난 20년 동안 셀 수도 없이 많은…… 비겁하고 파렴치한 온갖 유기를 맞닥뜨렸지만…… 나, 그때만큼 화가 치밀었던 적은 없었어. 그보다 더 오랜 시간 동안…… 작고 약한 존재를 향한 잔인하고 몰상식한 온갖 말들을 들어왔지만 그 말이 가장 날카로운 조각으로 가슴에 꽂혔어. 이른 아침에 네 오빠가 출근을 하다 그 애를 발견했지. 진한 갈색의, 작고 마른 아이는 대체 언제부터였는지도 모르게 차가운 플라스틱 케이지 속에서 덜덜 떨고 있었어. 케이지 안에는 돌처럼 딱딱해진 간식 몇 개가 굴러다니고 있었고. 케이지 위에는 매직으로 글씨가 커다랗게 씌어진 종이 한 장이 달랑 붙어 있었어. "가족 같은 소중한 개입니다. 피치 못할 사정이 생겨 더 이상 키울 수 없게 되었습니다. 부탁드립니다." 그 말을 본 순간, 눈앞이 캄캄해졌어. 소름이 끼치고…… 온몸이 부들부들 떨렸어. 아주 완곡하고 정중한 메시지로 보이는 그 몇 개의 문장은 간단히 요약하자면 '피치 못할 사정 때문에 개를 이곳에 두고 간다'였어. 더 간단히 요약하자면 '개를 이곳에 두고 간다'였어. 그러니까 개를 유기한다고 말하고 개를 유기하는 거지. 아무 말 없이 길가에 개를 묶어두고 가는 사람과 다른 점은 아무것도 없었어. 아니, 다른 점이 분명히 있었지. 그 사람은 자신이 버리는 개를 '소중한 개'라 부르고 있었어. 일면식도 없는 남의 집 앞에 그 사람이 밤새 내버려둔 것은, 이유도 모른 채 차가운 길바닥에서 케이지 틈새로 지나가는 구둣발을 보며 덜덜 떨도록 방치한 것은 그냥 개도 아니고 소중한 개였어. 소중한 개를 유기하고 있었어. 유기하는 그 순간까지 위선으로 똘똘 뭉쳐 있었어. 정확히 말해 '소중했던' 개였겠지. 소중했던 구두처럼, 소중했던 고가의 가방처럼, 정말 소중했던 명품 시계처럼 소중했겠지. 한때, 어느 시점까지. 그것이 자신의 호기심을 충족시키기 전까지. 욕망을 채우기 전까지. 지루해지기 전까지. 지루해지다 못해 귀찮고 곤란해져 자신의 생활을 방해하기 전까지. '피치 못할 사정'이 생기기 전까지. 누군가 키우던 개는 어디 갔냐 물으면 이사를 하게 돼서, 결혼을 해서, 아기가 생겨서, 출장이나 여행을 가게 되어서, 개가 아파서, 털이 빠져서, 짖어서, '피치 못할 사정'이 생겨서 시골에 보냈다고 사람들은 말한다. 개가 그곳에서 감금 생활을 하거나 완전히 방치되어 떠돌고 있다는 사실에 자신은 아무런 책임이 없다는 듯. 그것이 '소중했던' 개를 위한 최선의 방법이었다는 듯. 그러나 정확히 말할까? 유행이 지난 거지. 그 사람은 개를 키우는 유행을 잠시 따랐던 것에 불과했던 거야. 사람들은 내버리는 가구에도 이런 메모를 붙인다. '하자 없는 물건입니다. 가져가실 분 가져가세요.' 그것과 뭐가 달라? 유행이 지나기 전까지, 딱 그때까지만 사람들은 개를 키우고 고양이를 키우고 토끼를 키우고 고슴도치를 키운다. 딱 그때까지만 소중해. 딱 그때까지만 밥을 주고 놀아줘. 딱 그때까지만 그들의 마음을 헤아리고 그들의 눈을 바라봐. 그러나 동물들은. 눈이 있는 그 동물들은. 플라스틱 눈알이 아니라 진짜 동공이 있는 그 동물들은…… 계속 바라봐. 그들은 오직 그 눈만을 끝없이 바라본다. 그들에게는 유일하고도 유일한 눈이기 때문에. 그들이 바라볼 수 있는 유일한 눈, 그들이 연결된 유일한 존재이기 때문에. 인간이 한 생명을 데려오는 순간 둘 사이엔 선이 하나 연결된다. 그 생명은 그 선에 의지해서만 살아가, 그 보이지 않는 선은 마치 탯줄 같은 거야. 오직 탯줄을 통해서만 생명은 산소와 영양분을 공급받는 거야. 그런 그것이 어느 날 문득 절단된다. 어느 날 갑자기 인간이 무참히 그것을 끊어버리면서 이렇게 말하는 거야. 피치 못할 사정이었다고, 그게 최선이었다고, 우울한 얼굴을 하면서 애써 자위하지만 솔직히 말할까? 그건 최선은커녕 최악의 방법이었다고, 당신이 한 짓은 생명줄과도 같은 그 선을 파괴한 거라고. 당신은 당신 주변의 수많은 존재들과 연결되어 살아가지만 오로지 당신에게만 연결된, 오로지 당신에게만 길들여진 한 생명을 파괴한 거라고. 어린 왕자에서 여우가 그렇게 말하잖아. 길들인다는 건 관계를 맺는 거라고. 서로가 세상에서 하나뿐인 유일한 존재가 되는 거라고. 그리고 네가 누군가를 길들이게 되었을 경우 이걸 잊으면 안 된다고. 너는 네가 길들인 것에 대해 책임이 있다고. 언제까지나, 너는 네 장미에 대해 책임이 있다고. 너 알지…… 나, 그 책을 서른 번 읽었어. 언젠가부터 이 삶에 의문이 들 때마다…… 어떻게 해서 이러한 삶을 살게 되었고 왜 지속해야 하는가 의문이 들 때마다 그 책을 읽었고 그때 역시 그래야 했어. 당시 아마 가장 어려운 시간을 보내고 있었던 것 같아. 구조된 아이 몇이 연달아 출산을 했는데 입양이 전혀 되지 않아 동물들 수가 무섭게 늘어났던 데다가 내 시력마저 급격히 악화되어 이대로라면 실명될 거라는 판정을 받았어. 걸핏하면 가구에 부딪히거나 문턱에 걸려 넘어졌고…… 그러다 지하실 고양이들 밥을 주러 내려가는 계단에서 발을 헛디뎠잖아. 계단을 구르는 순간, 이 이상은 내 한계를 벗어난 일이란 생각이 들더라. 처음으로 보내야겠다는 생각이 들었던 거야. 나이가 이미 찬 믹스견이라 보내면 어떻게 된다는 걸 잘 알면서도…… 그날 병원에서 봉합을 하자마자 시 보호소에 전화를 걸었어. 그리고 그 애를 보내기로 한 당일 새벽에, 그 책을 다시 읽었어. 그래…… 다시 한번 읽었어. 그리고 그 애 이름을 여우라 지었어. 여우가, 나에게로 오면서, 다시 한번 말해주었기 때문에…… 무참히 끊어진 탯줄을 늘어뜨리고…… 피를 뚝뚝 떨어뜨리며 온 여우가 내가 해야 할 일에 대해…… 다시 한번 똑똑히 상기해주었기 때문에…… 어린 왕자에게 여우가 하는 말을…… 다시 한번 그 말을 여우가 나에게……

왜,

……

도대체 왜,

도대체 왜 그 책을 서른 번이나 읽어,

응……?

왜 그 책을 끝도 없이 읽어,

응?

왜 그 책을 끝도 없이 읽으며 그런 식으로 적용해,

……

그건 아닌 거 같아 엄마, 문학작품을 삶에 적용하는 건 아닌 거 같아 엄마, 작품은 쓰거나 읽는 거지 사는 게 아닌 거 같아, 그건 작품을 쓴 작가도 하지 못하는 거 같아, 못하니까 쓴 거 같아, 할 수 없으니까, 도저히 할 수가 없는 일이니까 쓴 거 같아 그리고 그 장미라는 걸…… 누군가가 길들이

다 버린 그 수많은 장미를 왜…… 사람들이 너무 쉽게 버리는 그 끝도 없는 장미들을 왜 엄마가 책임을 지는데, 왜 그 책임을 엄마가 져야 한다고 생각하는 건데, 왜 그런 책임은 마음이 약한 한 사람이 다 짊어져야 하는 건데, 맘대로 생산하고 맘대로 사고 맘대로 버리도록 국가가 방치한 책임을 왜 한 개인이, 그것도 아주 무력한 개인이 자신의 온 삶을 바쳐 책임져야 하는 건데, 그걸 누가 알아주며 그 사람에 대한 책임은 누가 지는데…… 책임을 지기는커녕 이때다 싶어 사람들은 그 집 앞에 더 많은 동물을 갖다 버리잖아, 책임을 전가하잖아, 책임은 눈덩이만큼 불어나…… 빠져나올 수가 없잖아. 한 사람이 수십 마리를 감당하는 끝도 없는 노동에서, 가난과 고독에서, 단 하루도 자유로울 수가 없잖아, 단 하루도…… 집을 떠날 수가 없어. 한번 버려지고 학대당했기 때문에 사람에게 쉽사리 마음을 열지 않는 동물들은 다른 사람은 믿지 못하니까, 오직 그 사람에게만 경계심을 풀고 그 사람에게만 의지하니까, 그 사람이 아니면 아무도 그 애들을 돌보지 못하니까 하루는커녕 몇 시간의 외출도 늘 쫓기듯이 다녀와야 하잖아. 빠르게, 아주 빠르게, 무슨 일이 생기기 전에, 동물을 많이 키우는 집에 대한 반감을 가진 누군가 집에 소주병을 던지기 전에, 대문을 박살 내기 전에, 외부 자극에 예민해진 동물들 사이에 싸움이 일어나기 전에, 병을 앓는 동물이 발작을 일으키기 전에, 끝없이 불안해하며 경계해야 하잖아. 게다가 주변의 시선과 비난까지 감수해야 해. 왜 그렇게 사느냐고, 사서 고생이라고, 그럴 능력도 안 되면서 버려진 동물들을 돌본다고, 그깟 동물에 인생을 바친다고, 나가서 돈이나 벌지 돈도 안 되는 일을 한다고, 아마도 이런저런 이유 때문일 거라고 떠들어대는 말들…… 소문들…… 추측들…… 그걸 다 들으면서도 엄마는…… 20년 동안 화 한번 내지 않고 엄마는…… 아프던 아이가 이제 다 나았다고 활짝 웃고 있어. 밥을 먹지 않던 아이가 이제 먹는다고 어린아이처럼 환하게 웃고 있어. 내 기억 속 엄마는 언제나 작은 동물들을 치료하고 있어. 어디선가 발가락이 잘려 온 비둘기의 발에 붕대를 감아주고 있어. 바이러스에 감염된 고양이를 안고 약을 먹이고 있어. 두려움으로 부들부들 떨며 잠들지 못하는 개의 옆에서 밤을 새우고 있어. 시간이 많이 지나도…… 두렵고 무섭고 이해할 수 없고 납득이 안 돼 털이 곤두선 채로 눈을 감지 못하는 아이에게 자장가를 불러주고 있어. 가슴에 안고 사랑한다 말하고 있어. 그러면 다른 아이들 서운할까, 한 마리씩 가슴에 품고 모두 사랑한다 말하고 있어. 어릴 적 우리에게 해주었던 대로…… 꼭 그렇게 해주고 있어. 두렵고 무섭고 이해할 수 없고 납득이 안 되는 밤…… 그런 밤들…… 그런 무수

한 밤에…… 엄마 역시 그 밤 속에 있었으면서…… 아니, 그 밤에서 가장 두렵고 무섭고 이해할 수 없고 납득할 수가 없는 사람이 바로 자신이었으면서…… 그러나 떠날 수 있었을 텐데…… 사실은 떠나길 바랐는데…… 큰 가방을 들고 멀리멀리 가버리기를, 어느 날 흔적도 없이 사라지기를, 절대로 돌아오지 말기를, 우리를 버리기를, 바랐는데…… 끝끝내 남아서…… 끝끝내 남아 자장가를 불러주고 동화책을 읽어주어서…… 나는 아직도 그 여자를 이해하지 못해 끝끝내 남아 가장 생기로운 목소리로 동화책을 읽어주던 여자, 맑고…… 너무도 맑은 새의 음성으로…… 그 두껍던 안데르센 전집을 1권부터 15권까지…… 다시 1권부터 15권까지…… 나는 아직도 그 두툼한 전집 아래에서의 혼란이 생생해, 아직도 꿈에선 그 여자의 다리에 머리를 베고 동화를 듣고 있어, 입만 열면 개구리가 쏟아지는 저주에 걸린 공주의 이야기를…… 그 이야기를 어찌나 생생하게 읽는지 그녀의 입에서 개구리가 튀어나오고 있어…… 개굴개굴 요란하게 울어대며 펄쩍펄쩍 끝없이 튀어나와 내 얼굴 위로 쏟아지고 있어…… 그만 읽어야 할 텐데…… 그만 입을 다물어야 할 텐데…… 그러나 여자는 잠깐 쉬지도 않고 계속 읽어, 점점 더 몰입하여…… 도저히 이해할 수 없이 맑고 경쾌한 음성으로 온 힘을 다해…… 거의 사력을 다해…… 너

무 쎄게 읽어서인가, 입가엔 피멍이 들어 있어…… 아니 입
가뿐 아니라 여기저기 시퍼런 멍이 수두룩해…… 그만 읽
으라고, 그만 좀 읽고 방을 나가라고 말하지만 내 목소리는
나오지 않아…… 그만 읽으라고, 좀 그만두고 여길 떠나라
고 소리치지만 개굴개굴 소리로 귀가 터질 것 같아…… 제
발 그만, 그만 책을 덮어버리고 가방을 들고 멀리멀리 떠나
라고 비명 지르지만…… 그리고 나의 희망은 떠나는 여자
가 되었고…… 무엇이든…… 모든 것에서 큰 가방을 들고
멀리멀리 떠나야 직성이 풀리게 되었고…… 대상이 누구이
든…… 얼마나 사랑했던 존재였든…… 아니 사랑했던 존재
이기 때문에 반드시, 기어코, 떠나야 했고…… 떠나지 않으
면 자꾸 동화책을 읽어주고 자장가를 불러주게 되어서……
아주 쎄게…… 온몸에 피멍이 들 때까지…… 그러나 그렇
게 된 줄도 모른 채 사력을 다하는 기질이…… 사랑하는 존
재를 이와 같이 경험하게 하는 바로 그러한 기질이 내 안에
있어서…… 15년 전에 떠난 것처럼 10년 전에도 떠났고……
5년 전에 떠난 것처럼 오늘도 떠나고야 말았는데…… 그러
나 모든 것에서 언제나 떠나고야 마는 이 삶도 도저히 이해
할 수가 없어 잠이 오는데……

　　……

　계속 잠이 오는데……

166

……

끝없이 잠이 오는데……

……

수연아,

......

수연아,

수연아, 어디야.

……

어디에 있어.

……

바다니.

……

또 바다에…… 간 거니.

바다에서 자면 안 돼, 수연아.

……

바다에서 자면 큰일 나.

……

이 추운데…… 바람도 거칠 텐데……

……

얼른 방으로 들어가……

……

얼른.

수연아, 들리니.

……

들리니, 수연아, 보배가……

……

보배가 꿈을 꾸나 봐.

보배……

응, 보배…… 짖는 아이.

……

짖음으로써 두려움을 토해내는 아이.

……

꿈에서도…… 짖고 있나 봐.

……

그 오래된 두려움이 꿈속으로도 밀려들어와…… 컹컹 짖고 있나 봐.

……

긴 시간이 지났는데도 아직……

……

두렵고 무섭고 이해할 수가 없고 납득이 안 돼……

……

끙끙거린다. 힘들어 보여. 어깨를 부르르 떨고 있어. 하지만 나는 도와줄 수 없어…… 너도 알지, 저 애는 유일하게 내가……

……

저 애의 두려움 앞에 나는 완전히 무력해서……

……

도저히…… 아무것도……

……

(침묵)

……엄마,

……

엄마, 그 애가……

……

그 애가 다가가려 하지.

그 애……

새하얀 몸에…… 분홍색 코를 가진 아이.

……

속눈썹이 사슴처럼 긴……

백설이.

응, 자고 있던 백설이가 일어나……

……

웅크려 떨고 있는 아이에게 다가가고 있지.

……

다가가 두려운 아이의 두려운 몸을……

……

품어주고 있지, 둥글게……

……

둥글고 견고하게……

……

그리고 가만히 기다리고 있지.

그래, 가만히……

품은 채로 그냥 가만히.

눈을 감고……

감은 눈 속으로 모두 흡수하려는 듯이 꼭 감고,

무엇을……

두려운 아이의 두려운 꿈을,

……

아무리 시간이 지나도 지울 수 없는 그 꿈을, 그 기억을, 그 장면을,

……

함께 꾸려는 듯이……

……

그리고 곧 그 장면 속으로 들어가……

……

끙끙거리고 있지, 힘들어 보이지, 어깨를 부르르 떨고 있지, 그런 그 애를 이제 보배가……

……

아까까지만 해도 두려움에 떨던 그 아이가 이제 반대로……

……

품어주고 있지.

그래. 품어주고 있어.

둥글게……

둥글고 견고하게,

......

....

....

....

그 밤…… 기억나?

어떤 밤.

우리 둘이…… 웅크려 있었던 밤.

……

두렵고 무섭고 이해할 수 없고 납득이 안 돼…… 우리 둘이 어두운 방 안에 웅크려 있었잖아.

……

자장가도 없이…… 누구도 자장가를 부를 수 없어 눈을 꼭 감고……

……

내가 엄마를 품어주고 엄마가 나를 품어줬잖아. 둥글

게……

　둥글고 견고하게.

　보배와 백설이처럼.

　……

　우리는 두 마리 작은 짐승이었잖아.

너는 말했어.

응……?

넌 그 말을 했어.

무슨 말.

떠나라고.

……

넌 그 말을 했어.

……

……

그 밤에……?

아니, 그 밤은 아니었던 것 같아.

……

밤은 아닌데 아주 깊다는 느낌이 들던……

……

낮이었던 것 같아.

……

세상 전체가 잠들어 있고 우리만 깨어 있다는 느낌이 들던……

……

지금 같은 낮.

넌 사망신고를 하라고 했어.

뭐라고.

나보고 사망신고를 하라고 했어.

......

사망신고를 하고 아무도 모르는 곳에 가서 새로운 삶을 살라고 했어.

......

네 걱정은 말라고 했어. 너는 알아서 잘 살 거라고 했어. 절대로 돌아오지 말라고 했어.

......

넌 그렇게 말했어. 나는 웃었지만……

……

사망신고를 어떻게 사망한 이가 할 수 있느냐고 웃어넘겼지만……

……

맞아. 그랬어. 나는 그렇게 말했어.

······

밤새 고민한 결과였던 것 같아. 그때 그 어린아이에게 방법은 그것뿐이었던 것 같아.

······

아무리 생각해도······ 그것뿐이었는데 그 방법이 말도 안 된다는 건 잘 알고 있었어. 아주 어린아이 같은 발상이란 걸.

······

그래서 눈도 못 쳐다보고 그렇게 말했어. 시리얼을 먹다가. 식탁 모서리를 뚫어져라 쳐다보며.

······

당연히 엄마는 웃었고.

……

나는 계속 시리얼을 씹으며 식탁 모서리에서 눈을 떼지 않았어. 지금도 기억나, 늘 조금은 바랜 듯한 느낌이 들던…… 에메랄드그린의 4인용 식탁.

……

어느 날부터 한 자리가 비어 있던……

……

그 식탁이 있던 집…… 아직 동물들이 없던……

……

(아직 한 마리의 동물도 없던 그때가 원시의 시간으로 여겨져.)

……

아직 사람들만 살던 그 집에 어느 날부터인가 동물들이 들어오고……

……

하나, 둘……

……

다섯, 여섯……

……

아홉, 열……

……

하지만 그 모든 건 당연하게 여겨졌어. 집에 동물들이 들어오는 건…… 버려져 거리를 떠돌던 아이들이 들어와 오랫동안 물을 마시고 오랫동안 밥을 먹고…… 또 오랫동안 잠을 자는 건……

……

왜일까, 한 번도 질문을 던져보지 않았을 정도로 당연한 일이었어. 가만히 보고 있으면 모두, 한 마리도 빠짐없이 아름다운 아이들인데 그런 아이들이 거리를 떠돌다 비명횡사한다는 건 있을 수 없는 일이잖아, 그건 아름다움에 대한 모독이잖아.

……

가끔…… 아주 가끔 낯선 느낌이 들기는 했어. 모두가 나간 집에 혼자 동물들과 있다 보면…… 일정 거리를 둔 채로 내 주위를 맴도는, 나를 따라오는…… 그리고 나를 가만히 바라보는 눈동자들을 마주하면.

……

묻곤 했어. 눈동자들에게. 넌 누구니.

……

다시 물었어. 넌 어디서 왔니. 무슨 일이 있었니.

……

대답은 없었어. 당연히 아무 말 없이 눈동자는 날 바라볼 뿐이었어.

……

하지만 알 수 있었어. 어떤 말도, 소리도 없었지만 눈은 모든 걸 담고 있었어.

……

그들의 기억, 불안, 절망, 체념, 그리움, 공허, 그 모든 걸 고스란히……

……

그리고 내 눈에 담긴 모든 걸 그 애들도 보고 있었어.

……

한 살, 두 살, 나이를 먹을수록 짙어지던 내 우울과 어둠을……

　　……

그리고 대학에 들어간 뒤 빠른 속도로 깊어가던 내 불안
과 두려움을 그냥 가만히……

　　……

(일정한 거리를 둔 채 서로를 가만히 바라봐주었던 그 시선
의 시간은 내가 경험한 유일한 우정으로 여겨져.)

　　……

....

....

....

....

그때, 정확히 무슨 이유로 그토록 불안하고 두려웠는지는 기억나지 않아. 잠깐이라도 걸음을 멈추면 살해를 당할 것만 같아 쉼 없이 두 다리를 엇갈리던 그때가 시퍼런 수풀이 가득한 여름이었는지, 사방이 깨질듯 얼어붙은 겨울이었는지도 모르겠어. 발꿈치가 다 까져 늘 피비린내가 올라올 정도로 걷고, 또 걷던 날들이었어. 출석 체크만 하고 강의 도중 나와 발길 닿는 대로 도시의 골목과 강변을 떠돌다 자정이 다 지나 늘 기진맥진한 상태로 들어오곤 했는데…… 그날, 집에 들어오자마자 마주친 그 애가 누구였는지도 모르겠어. 당시 막 구조가 되었는지 처음 보는 아이였다는 것만 알 수 있을 뿐 무슨 색이었는지, 얼마만 한 크기였는지도 알

수가 없어. 왜냐하면 내 눈에 들어온 것은 오직…… 그 눈이었으니까. 거대한 공포와 거대한 두려움, 거대한 절망으로 터져버릴 것 같던 그 자그마한 눈동자만이 내 안에 터질 듯 들어와버렸으니까…… 그러니까 그 밤, 종일 아무것도 먹지 못해 쓰러지기 일보 직전의 상태로 곧장 들어간 어두운 방에서 그 눈과 마주친 순간, 그 시퍼런 감정들이 내 안에 파고들었어, 나는 저항할 수 없었어, 왜냐하면 그것들은 내가 종일 쉼 없이 두 다리를 엇갈려야만 가까스로 견딜 수 있던…… 잠깐이라도 멈추면 즉시 나를 뒤흔들어버리는, 바로 그 공포와 바로 그 두려움과 바로 그 절망이었으니까…… 나는 내가 모르는 음성으로 비명을 질렀어, 개들이 무섭게 짖었고…… 도망쳐야 한다고 생각했어. 그 눈으로부터. 그 눈으로 가득 찬 그 집으로부터. 그 눈이 보이자, 오직 그 눈들만 보였으니까. 나와 너무 같은 눈. 엄마 말대로, 무참히 절단된 탯줄을 늘어뜨린 채 피눈물을 뚝뚝 떨어뜨리고 있는 눈. 버려진 동물의 눈…… 맞아, 아마도 오랫동안 바라보던 눈과의 연결선이 끊어진…… 무참했던 파괴의 직후였던 것 같아. 그리고 그 일을 감행한 건 다른 누구도 아닌 나라서, 잠깐이라도 걸음을 멈추면 살해를 해버릴 것만 같은 시퍼런 입술의 시간이었어. 그래서 떠났어. 아니, 그때부터 도망쳤어. 도망친다고 그 눈을 피할 수 있는 건 아니었지만.

…… (나는 아직도 그렇게 두려워, 엄마.)

……

…… (나는 아직도 그렇게 두려워 떠나는 동물이야, 엄마.)

……

…… (그때 떠난 것처럼 오늘도 떠났고, 오늘 떠난 것처럼 내일도 떠날 것 같아, 엄마.)

……

…… (멀리멀리 떠나…… 얼마나 더 멀어질지 모르겠어.)

……

…… (가장 두려운 것은 그거야, 멀어지는 건 끝이 없어……)

……

…… (밤새 달렸어. 몇백 킬로미터를 달렸는지, 동쪽으로 왔는지 남쪽으로 왔는지도 모르겠는데……)

……

…… (거대한 물덩이 앞이야. 언제나 고개를 들어보면 거대한 물덩이 앞에 시커먼 점퍼를 껴입고 홀로 선 사람이야.)

……

…… (금방이라도 파도에 집어삼켜질 것처럼 가깝게…… 혹은 이미 삼켜져버린 것처럼 오래도록……)

……

…… (아니, 이미 오래전에 삼켜진 것처럼 오래도록…… 주변의 모두가 사라질 때까지 바다를 보는 사람이야.)

……

…… (……)

……

…… (세상의 끝이야.)

…… (세상의 끝.)

…… (응.)

…… (세상의 끝이구나.)

…… (응.)

…… (내 딸은 지금 세상의 끝에 있구나.)

…… (응, 엄만 어디야.)

…… (나? 글쎄……)

…… (……)

…… (글쎄, 여긴 어딜까.)

…… (……)

…… (여기두 아무두 없는데.)

…… (……)

…… (아무도 없고 좀 어두운 것 같은데.)

…… (……)

…… (잘 보이지 않고 거의 멈춘 것 같은데.)

…… (……)

…… (밝고, 빠르게 돌아가는 세상에선 잘 보이지 않고 세상은 점점 더 밝고, 빠르게 돌아가기 때문에 거의 보이지 않는 것 같은 이곳은……)

…… (……)

…… (뒷면……인가.)

…… (응?)

…… (뒷면,인가.)

…… (……)

…… (내가 있는 이곳은 그러니까, 달의 뒷면처럼 캄캄한, 무엇이 있는지 아무도 모르고 누구도 보지 못하는, 앞면과는 완전히 단절된 뒷면…… 세상의 뒷면인가.)

....

....

....

....

(끝과 뒷면.)

(응.)

(뒷면과 끝.)

(응.)

(그런데 이상해. 여기…… 이 끝에 끝도 없이 서 있다 보면 불쑥 그곳이 떠올라……)

(……)

(밀려오는 파도처럼 불쑥, 그 보이지 않는 공간에서 살아가는 존재들이 그 누구보다 선명하게 떠오르고 그 누구보다, 그 자그마한 존재들이 보고 싶어.)

(……)

(너무도 간절히, 그 아이들의 이름을 부르고 싶어.)

(……)

(그 이름들을 하나하나 부를수록 빛이 차올라……)

(……빛.)

(어둡고 싸늘한 입안에 맑고 깊은 빛이 입안 가득……)

(……)

(나, 그 이름을 다 외우지 못하지만 당신의 도움을 받아……)

(……)

(잘 있느냐고.)

(……)

(모두 잘 있느냐고.)

(……)

(그러니까 스물세 마리의 동물들과 당신은.)

(……)

(누구보다 당신은 잘 있느냐고.)

....

....

....

....

....

....

....

....

....

....

....

....

....

....

....

....

엄마.

응.

밤비는 아직…… 자고 있지.

응. 자고 있어.

덤보도 아직, 자고 있지.

응. 자고 있어.

아리는.

자고 있어.

주몽이, 환웅이는.

자고 있어.

나리, 순이, 선희도.

응.

초롱이, 예삐, 소망이, 진주도.

응.

보배와 백설이도.

응.

그대로.

그대로 모두 깊이……

……

꿈 없는 깊은 잠을 고요히……

……

밤은 아니지만……

밤은 아니지만 아주 깊다는 느낌이 드는…… 그런 낮인
걸까, 동물들에게도.

응, 동물들에게도.

나도 그렇게 자고 싶어. 동물들처럼.

그렇게 자. 얼른 방에 들어가……

아니, 그렇게 자고 싶어 동물들과. 엄마의 집에서.

……

오직 엄마의 집에서 동물들과.

......

몸을 둥글게 말고 앞발로 두 눈을 가린 밤비와 픽 쓰러진 듯이 옆으로 누운 덤보 사이에서. 푹푹 한숨을 쉬며 자는 예뻐와 조금 삐진 듯이 엎드려 자는 행복이 사이에서. 또는 여전히 새끼 강아지들처럼 포개어져 자는 환웅이와 순이, 선희 틈에 끼어. 보배는 허공에 대고 짖고, 여전히 하염없이 짖지만…… 그 애의 두려움과 뒤섞여, 그 두려움을 거스르며, 그 어떤 상황에서도 깊은 잠을 자는 동물들의 잠의 행위에 동참하며, 그 거대한 잠의 무리에 하나의 이름 없는 동물로 포함된 그 시간을 나는 사실 좋아해, 엄마.

......

거의 사랑해.

다음 주에 갈게.

바쁘잖아. 무리는 하지 마.

다음 주에 내가 집을 볼게 외출해.

……

떡볶이도 먹고 사우나도 가고.

……

응?

응, 그럴게. 얼른 방에 들어가.

……

감기 걸려 얼른……

응.

추위에 오랫동안 있었을 테니 약을 하나 삼키고 푹 자면 좋을 텐데.

무슨 약.

네가…… 괜찮아지는 약.

……

네 마음이 좀 괜찮아지는 약.

그런 약이 있어.

그런 약이 있지.

그런 약이 있어도 잠깐 괜찮아졌다가…… 다시 안 괜찮아지는 거 아닌가.

잠깐이라도 괜찮아지는 게 어디니.

……

잠깐이라도 괜찮아지면 된 거지.

……

잠깐이라도 괜찮아지며 사는 거지.

……

(침묵)

그땐. 어떻게 살았어.

응?

그때, 너 집을 떠났을 때. 그렇게 힘든 줄 몰랐어.

……

지금처럼 바다에 가곤 했니.

……

그때도 지금처럼……

……

지금처럼 끝없이……

……

……

초를 봤어.

응?

밤이 새도록 초를 봤어.

……

세 평짜리 기숙사 방에서 끝없이……

……

오직 초를 봤어.

그랬구나.

응, 그랬어.

작가의 말

2005년, 그 방에서 처음 쓴 『초와 그녀』엔 이러한 문장이
들어 있었다.

당신이 잠든 모습을 보았죠.
술, 음악, 풀 같은 거였어요.

초가 그녀에게 하는 말이었다. 아니, 그녀가 초에게 하는
말이었던가.

2020년, 이 방에서 쓰고, 다시 쓰고, 또다시 쓴 『초와 그
녀』엔 이러한 문장이 들어 있었다.

당신의 공간은 뜨거웠어요.

당신이라는 공간은 몹시 뜨거운 것 같았어요.

내가 그녀에게 하는 말이었다. 그래, 내가 그녀에게 할 수 없었던 말이었다.

*

초는 당신이었다. 당신은 녹아내릴 듯이 뜨거운 공간이었다. 공간은 당신이었다. 당신을 쓰고자 하는 마음이었다. 열망과 고독의 호흡이었다. 글쓰기였다. 음성과 침묵의 공간이었다.

*

어떤 말들은 거대한 침묵 위에 촛농처럼 뚝, 뚝, 떨어져야 했다.

가능한 느려져야 했다.

가능한 숨을 많이 쉬어야 했다.

*

    어쩌면 너무 느린 날 기다려주는 인경, 일은 언니, 진연주 소설가에게 고마운 마음을 전한다.

    현실을 감당하며 글쓰기를 밀고 나갈 수밖에 없음. 그 분명한 사실을 말씀해주시고 나의 글쓰기를 기다려주시는 이인성 소설가께 감사드린다.

    존재만으로도 큰 힘이 되는 건아 이모와 신혜 이모께 깊은 감사를 드린다.

    이 책이 나오기까지 수개월 동안 함께 고민해주시고 좋은 방향을 제시해주신 조은혜 편집자께 감사의 마음을 전한다.

    그리고 지금 어려운 시간을 지내고 있는 나의 엄마,

    부디 당신이 행복하기를.

    당신의 공간에서 태어난 여자아이는 늙도록 이렇게 기도한다.

2021년 5월

김효나

수록 작품 발표 지면

「바다가 보이는 방」;「가라앉는 대화」
『숨』2018년 하권

「남자여자」
『문예중앙』2017년 여름호

「식탁 아래에서」;「초와 그녀」(pp. 80~85);「초와 그녀」(pp. 86~104)
『자음과모음』2019년 여름호

* 그 외 작품은 미발표작.